KB212700

선생님과 함께 읽는 치숙

물음표로 찾아가는 한국단편소설 08

선생님과 함께 읽는

치숙

전국국어교사모임 지음 | 한수자 그림

Humanist

'물음표로 찾아가는 한국단편소설' 시리즈를 펴내며

문학 교육은 아이들이 꿈을 꾸게 하기 위해 필요합니다. 그러나 요즘의 문학 교육은 참고서와 문제집을 통해서만 이루어지고 있습니다. 그래서 문학 수업은 엉뚱한 상상도 발랄한 질문도 없는 밍밍하고 지루한 시간이 되어 버렸습니다. 상상의 여지가 사라지고 질문이 없는 수업은 아이들을 질리게 하고 문학을 말라 죽게 합니다. 그렇다면 어떻게 해야 문학 교육을 살릴 수 있을까요?

무엇보다 학생들이 스스로 생각을 열어 질문을 만들 수 있게 해야 합니다. 매우 상식적인 일이지만, 우리 교육 환경에서는 잘 이루어지기가 어렵습니다. 그래서 전국국어교사모임은 학생들이 스스로 생각을 열고 엉뚱한 상상과 발랄한 질문을 할 수 있는 마중물을 붓기로 했습니다. 이는 말라 버린 문학뿐 아니라 아이들의 메마른 마음에도 물을 붓는 일이 될 것입니다.

교과서에 실린 의미 있는 작품을 골랐습니다 중·고등학교 국어 교과서나 문학 교과서에 실린 단편소설 가운데 오랫동안 많은 사람들에게 널리 읽힌 작품을 골랐습니다. 교과서에 실렸다는 것은 중·고등학생들에게 유용한 작품이라는 것이고, 오래 널리 읽혔다는 것은 재미나 감동, 그리고 생각거리 면에서 어느 하나는 사람들의 마음에 들었음을 뜻하기 때문입니다.

전국의 학생들에게 물었습니다 전국에 있는 수많은 학생에게 소설을 읽혀 보고, 그들이 궁금해 하는 것을 모았습니다. 그러고 나서 의미 있는 질문거리들을 일정한 방식으로 배열했습니다.

현직 국어 선생님들이 물음에 답했습니다 전국의 국어 선생님 100여 분이 다양한 책과 논문을 살펴본 다음 질문에 대한 답을 했습니다. 이런 과정을 통해 보다 보편적인 작품의 의미에 접근하고자 했습니다.

교육 과정과의 연관성을 고려했습니다 수업 현장에서 또는 학생 스스로 이용할 수 있도록 했습니다. '깊게 읽기'에서는 인물, 사건, 배경, 주제 등 작품과 직접 관련되는 내용을 다루었으며, '넓게 읽기'에서는 작가, 시대상, 독자 이야기 등을 살펴볼 수 있도록 했습니다.

'물음표로 찾아가는 한국단편소설' 시리즈는 다양하고 깊이 있는 생각을 이끌어 낼 수 있는 소설 감상의 안내서 구실을 할 것입니다. 또한 작품에 대한 해석과 이해의 차원을 넘어서 문화적·사회적·역사적 정보를 폭넓고 다양하게 제시함으로써 문학 감상 능력을 향상시켜 줄 뿐만 아니라, 문학과 가까워질 수 있는 기회를 제공해 줄 것입니다.

전국국어교사모임

머리말

소설을 읽다 보면 가끔씩 '왜?'라는 의문이 들 때가 있습니다. 소설 속에서 내가 경험하지 못했던 현실이나 상황과 맞닥뜨릴 때 특히 더 그렇겠지요.

〈치숙〉을 읽어 본 적이 있나요? 1920~1930년대를 배경으로 한 독특한 구성의 소설이에요. '나'가 들려주는 이야기가 죽 이어지다가 뒤에는 아저씨와의 대화로 이야기가 전개되지요. 하지만 이 짧은 소설 속에 많은 내용이 담겨 있습니다.

〈치숙〉에서 '나'는 배운 것도 많고 자기보다 엄청 똑똑한 아저씨를, 어리석다고도 하고 하루바삐 죽어 마땅하다고도 합니다. 많이 배웠으면서도 사회주의를 한다고 몇 년 감옥 생활을 하고 나와 아주머니에게 의지하며 백수처럼 살고 있는 아저씨가 미웠던 것이지요.

그렇다면 아저씨가 했다는 사회주의는 무엇일까요? 아저씨는 왜 감옥에 가야 했을까요? 아저씨네와 아주머니네는 왜 폭삭 망했을까요? 아주머니는 자신을 버린 아저씨를 왜 보살필까요? 아저씨는 아주머니의 부양을 받으면서도 왜 그리 당당할까요? '나'는 조선인이면서 왜 일본말이 더 좋다고 할까요? 많이 못 배우고 일본인 상점의 점원으로 있는 것을 '나'는 왜 자랑스럽게 여길까요? '나'는 왜 내지인처럼 이름도 바꾸고 싶어 할까요?

소설 속에 숨은 뜻을 알고 싶다면, 작품을 읽으면서 떠오르는 질문들을 그냥 넘기지 마세요. 그 속에서 어쩌면 '나'가 어리석다고 말하는 아저씨가 실제로는 그렇지 않을 수도 있다는 또 다른 의문을 가지게 될지도 모르니까요. 그런 의문들에 대한 답을 스스로 찾아가면서 이야기를 읽다 보면, 생각지도 못한 나만의 이야기가 새롭게 펼쳐질 것입니다.

이 책을 읽는 여러분이 소설 속에 숨겨진 비밀을 찾아 환하게 웃는 모습을 떠올려 봅니다. 그래서 이 소설이 여러분의 마음에 풍성하게 새겨질 수 있었으면 좋겠습니다.

박선유, 송영자, 이미옥, 이소영, 조은수, 정진영, 홍성화

차례

작품 읽기

치숙

채만식

우리 아저씨 말이지요? 아따 저 거시키, 한참 당년에 무엇이냐 그놈의 것 머? 사회주의라더냐 막걸리라더냐, 그걸 하다가 징역 살고 나와서 폐병으로 시방 앓아누웠는 우리 오촌 고모부 그 양반…….

머 말두 마시오. 대체 사람이 어쩌면 글쎄……. 내 원!

신세 간데없지요.

자, 십 년 적공 대학교까지 공부한 것 풀어먹지도 못했지요, 좋은 청춘 어영부영 다 보냈지요, 신분에는 전과자라는 붉은 도장 찍혔지요, 몸에는 몹쓸 병까지 들었지요.

이 신세를 해 가지굴랑은 굴 속 같은 오두막집 단칸 셋방 구석에서 사시장철 밤이나 낮이나 눈 따악 감고 드러누웠군요.

재산이 어데 집 터전인들 있을 택이 있나요. 서발막대 내저어야 짚 검불 하나 걸리는 것 없는 철빈(鐵貧)인데.

우리 아주머니가 그래도 그 아주머니가 어질고 얌전해서 알량한 남편 양반 받드느라 삯바느질이야, 남의 집 품빨래야, 화장품 장사야, 그 칙살스런 벌이를 해다가 겨우겨우 목구멍에 풀칠을 하지요.

어데루 대나 그 양반은 죽는 게 두루 좋은 일인데 죽지도 안해요.

우리 아주머니가 불쌍해요. 진즉 한 나이라도 젊어서 팔자를 고치는 게 아니라 무슨 놈의 수난 후분을 바라고 있다가 끝끝내 그 고생을 하는지.

근 이십 년 소박을 당했군요. 이십 년 설운 청춘 한숨으로 보내내고서 다 늦게야 송장 여대치게 생긴 양반을 그래도 남편이라고 모셔다가는 병 수발 들으랴 먹고 살랴 애가 진하고 다니는 걸 보면 참말 가엾어요.

그게 무슨 죄다짐이람? 팔자 팔자 하지만 왜 팔자를 고치지를 못하고서 그래요. 우리 조선 구식 부인네들은 다 문명을 못하고 깨지를 못해서 그러지. 그 양반이 한시바삐 죽기나 했으면 우리 아주머니는 차라리 신세 편하리라. 심덕 좋겠다, 솜씨 얌전하겠다 하니 어데 가선들 재가 일신 몸 가누고 편안히 못 지내요? 가만있자, 열여섯 살에 아저씨네 집으로 시집을 갔다니깐, 그게 내가 세 살 적이니 꼬박 열여덟 해로군. 열여덟 해면 이십 년 아니요. 그때 우리 아저씨 양반은 나이 어리기도 했지만, 공부를 하느라 서울로 동경으로 십여 년이나 돌아다녔고, 조금 자라서 색시 재미를 알 만하니까는 누가 예쁘달까 봐 이혼하자고 아주머니를 친정으로 쫓고는 통히 불고를 하고…….

공부를 다 마치고 오더니만 그담에는 그놈의 짓에 디립다 발광해 다니면서 명색 학생 출신이라는 딴 여편네를 얻어 살았지요. 그 여편네는 나도 몇 번 보았지만 상판대기라고 별반 출 수도 없이 생겼습디다. 그 인물로 남의 첩이야? 일색 소박은 있어도 박색 소박은 없다더니, 사실 소박맞은 우리 아주머니가 그 여편네게다 대면 월등 예뻤다우.

그래 아무튼 그 양반은 필경 때여가서 오 년이나 전중이를 살았지요. 그동안에 아주머니는 시집이고 친정이고 모두 폭 망해서 의지가지없이 됐지요. 그러니 어떻게 해요? 자칫하면 굶어 죽을 판인데.

할 수 없이 얻어먹고 살기도 해야 하려니와 또 아저씨 나오는 것도 기다려야 한다고 나를 발련 삼아 서울로 올라왔더군요. 그게 그러니까 아저씨가 나오던 그 전 해로군.

그때 내가 나이는 어려도 두루 날뛴 보람이 있어서 이내 '구라다상'네 식모로 들어갔지요.

그 무렵에 참 내가 아주머니더러 여러 번 권면을 했지요. 그러지 말고 개가(改嫁)를 가라고. 글쎄 어린 소견에도 보기에 퍽 딱하고 민망합디다.

계제에 마침 또 좋은 자리가 있었고요. 미네상이라고 미쓰꼬시 앞에서 바나나 다다끼우리(投賣) 하는 인데 사람이 퍽 좋아요.

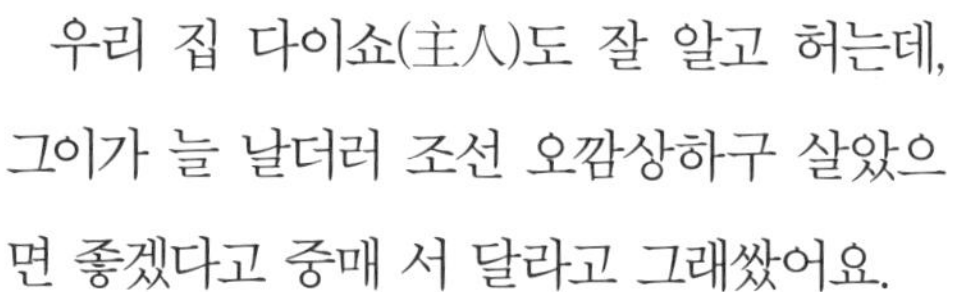

우리 집 다이쇼(主人)도 잘 알고 허는데, 그이가 늘 날더러 조선 오깜상하구 살았으면 좋겠다고 중매 서 달라고 그래쌌어요.

돈은 모아 둔 게 없어도 다 벌어먹고 살 만하니까 그런 사람 만나서 살면 아주머니도 신세 편할 게 아니냐구요?

그런 걸 글쎄 몇 번 말해야 숭헌 소리 말라고 듣지 않는 걸 어떡하나요.

아무튼 그런 것 말고라도 참 휜말이 아니라 이날 이때까지 내가 그 아주머니 뒤도 많이 보아주었다우. 또 나도 그럴 만한 은공이 없잖아 있구요.

내가 일곱 살에 부모를 잃었지요. 그러고 나서 의탁할 곳이 없이 됐는데 그때 마침 소박을 맞고 친정살이를 하는 그 아주머니가 나를 데려다가 길러 주었지요. 그때만 해도 그 집이 그다지 군색하게 지내든 안했으니깐요. 아주머니도 아주머니지만 종조할머니며 할아버지도 슬하에 딴 자손이 없어서 나를 퍽 귀애하셨지요. 열두 살까지 그 집에서 자랐군요. 사 년이나마 보통학교도 다녔고. 아마 모르면 몰라도 그 집안이 그렇게 치패(致敗)하지만 안했으면 나도 그냥 붙어 있어서 시방쯤은 전문학교까지는 다녔으리다.

이런 은공이 있으니까 나도 그걸 저버리지 않고 그래서 내 깜냥에는 갚을 만치 갚노라고 갚은 셈이지요.

허기야 요새도 간혹 아주머니가 찾아와서 양식 없다는 사정을 더러 하곤 하는데, 실토루 말이지 좀 성가시기는 해요. 그러는 족족 그 수응을 하자면 내 일을 못하겠는걸. 그래 대개 잘라떼기는 하지요. 그러나 그밖에 가령 양 명절 때면 고깃근이라도 사 낸다든지, 또 오면가면 들러서 이야기낱이라도 한다든지 그런 건 결단코 범연히 하든 않으니까요.

아무튼 그래서 아주머니는 꼬박 일 년 동안 구라다상네 집 식모로 있으면서 월급 오 원씩 받는 걸 그대루 고스란히 저금을 하고, 또 틈틈이 삯바느질을 맡아다가 조끔씩 벌어 보태고, 또 나올 무렵에 구라다상네 양주가 퍽 기특하다고 돈 칠 원을 상급으로 주고 그런 게 이럭저럭 돈 백 원이나 존존히 됐지요.

그놈으로 방 한 칸 얻고 살림 나부랭이도 조금 장만하고, 그래 놓고서 마침 그 알량꼴량한 서방님이 뇌여 나오니까 그리루 모셔 들였지요.

뇌여 나는 날 나도 가서 보았지만 감옥 문 앞에 막 나서자 아주머니가 기다리고 있으니까 그래도 눈물이 핑-돌던데요.

전에 그렇게도 죽을 둥 살 둥 모르고 좋아하던 첩년은 꼴도 안 뵈구요. 남의 첩년들이란 건 다 그런 게지요 뭐.

우리 아저씨 양반은 혹시 그 여편네가 오지 않았나 하고 사방을 휘휘 둘러보던데요. 속이 그렇게 없다니까. 여편네는커녕 아주머니 하구 나하구 그 외는 얼친 개새끼 한 마리 없어요.

마악 자동차에 올라타려다가 피를 토했지요. 나중에 들었지만 감옥 안에서 달포 전부터 토혈을 했다나 봐요. 그래 다 죽어 가는 반송장을 업어 오다시피 해다가 뉘어 놓고, 그날부터 아주머니가 불철주야로 할 짓 못할 짓 다 해 가면서 부리나케 날뛴 덕에 병도 차차로 차도가 있고 그러더니 인제는 완구히 살아는 났지요. 뭐 참 시방은 용 꼴인걸요, 용 꼴.

부인네 정성이 무서운 겝디다. 꼬박 삼 년이 군. 나 같으면 돌아가신 부모가 살아 오신대도 그 짓 못해요.

자, 그러니 말이지요. 우리 아저씨라는 양반이 작히나 양심이 있고 다 그럴 양이면, 어—허 내가 어서 바삐 몸이 충실해지거들랑 돈을 벌어다가 저 아내를 편안히 거느리고 이 은공과 전날의 죄를 갚아야 하겠구나, 이런 맘을 먹어야 할 게 아니나요?

아주머니의 은공을 갚자면 발에 흙이 묻을세라 업고 다녀야 할 것이지요.

그러지 않더라도 자기도 인제는 속 차려야지요. 속을 차려서 무얼 하재도 전과자니까 관리나 또 회사 같은 데는 들어가지 못하겠지만 그야 자기가 저지른 일인 걸 누구를 원망할 일도 아니고, 그러니 막 벗어붙이고 노동이라도 해야지요. 대학교 출신이 막벌이 노동이라께 꼴 가관이지만 그래도 할 수 없지 머.

그런 걸 보고 가만히 나를 생각하면, 만약 우리 종조할아버지네 집이 그렇게 치패를 안 해서 나도 전문학교나 대학교를 졸업을 했으면 혹시 우리 아저씨 모양이 됐을지도 모를 테니 차라리 공부 많이 않고서 이 길로 들어선 게 다행이다……, 이런 생각이 들어요.

사실 우리 아저씨 양반 대학교까지 졸업하고도 인제는 기껏 해먹을 게란 막벌이 노동밖에 없으니, 보통학교 사 년 겨우 다니고서도 시방 앞길이 환히 트인 내게다 대면 고쓰까이만도 못하지요.

아 그런데 글쎄 막벌이 노동을 하고 어쩌고 하기는커녕 조금 바시시 살아날 만하니까 이 주책꾸러기 양반이 무슨 맘보를 먹는고 하니, 내 참 기가 막혀!

아—니 그놈의 것하구는 무슨 대천지원수가 졌단 말인지. 어쨌다고 그걸 끝끝내 하지 못해서 그 발광인고?

그러나마 그게 밥이 생기는 노릇이란 말이요? 명예를 얻는 노릇이란 말이요. 필경은 잡혀가서 징역 사는 노릇?

아마 그놈의 것이 아편하구 꼭 같은가 봐요. 그렇길래 한번 맛을 들이면 끊지를 못하지요?

그렇지만 실상 알고 보면요 그게 그다지 재미가 난다거나 맛이 있다거나 그런 것도 아니드군 그래요. 불한당패던데요. 하릴없이 부랑당패들입디다.

저— 서양 어데선가 일하기 싫어하는 게으름뱅이 몇 놈이 양지짝에 모여 앉아서 놀고먹을 궁리를 했더라나요. 우리 집 다이쇼가 다 자상하게 이야기를 해 줍디다 그려.

게, 그 녀석들이 서루 군호를 하기를, 자 이 세상에는 부자가 있고 가난한 사람이 있고 하니 그건 도무지 공평한 일이 아니다. 사람이란 건 이목구비하며 사지 육신을 다 같이 타고났는데 누구는 부자로 잘살고 누구는 가난하다니 그게 될 말이냐. 그러니 부자가 가진 것을 우리 가난한 사람들하구 다 같이 고르게 나누어 먹어야 경우가 옳다.

야— 그거 옳은 말이다. 야— 그 말 좋다. 자— 나누어 먹자.

아 이렇게 설도를 해 가지고 우— 하니 들고일어났다는군요.

아—니 그러니 그게 생날불한당놈의 수작이 아니고 무어요?

사람이란 것은 제가끔 분지복이 있어서 기수(氣數)를 잘 타고나고 부지런하면 부자가 되는 법이요, 복록을 못 타고나고 게으른 놈은 가난하게 사는 법이요, 다 이렇게 마련인데 그거야말루 공평한 천리인 것을 됩다 불공평하다께 될 말이요? 그러고서 억지로 남의 것을 뺏어 먹고저 들다니 그놈들이 불한당이지 무어요.

짓이 불한당 짓일 뿐만 아니라 또 만약에 그러기로 들면 게으른 놈은 점점 더 게으름만 부리고 쫓아다니면서 부자 사람네가 가진 것만 뺏어 먹을 테니 이 세상은 통으로 거지 판이 될 게 아니요? 그나마 부자 사람네가 모아 둔 걸 다 뺏기고 더는 못 멕여 내는 날이면 그때는 이 세상 망하는 날이 아니요?

제마다 남이 농사지어 놓으면 그걸 뺏어 먹으려고 일 않고 번둥번둥 놀 것이고, 남이 옷감 짜 놓으면 그걸 뺏어다가 입으려고 번둥번둥 놀 것이고 그럴 테니 대체 곡식이며 옷감이며 다 어데서 나올 데가 있어야지요. 세상 망할밖에!

글쎄 그놈의 짓이 그렇게 세상 망쳐 놀 화단인 줄은 모르고서 가

다이쇼댁

난한 놈들, 그중에도 일하기 싫은 게으름뱅이들이 우선 당장 부자 사람네 것을 뺏어 먹는다니까 거기 혹해 가지굴랑 너두 나두 와—하니 참섭을 했다는구료.

바루 저 아라사가 그랬대요. 그래서 아니나 다를까 농군들이 곡식을 안 만들기 때문에 사람이 수만 명씩 굶어 죽는다는구료. 빠안한 이치지 뭐.

우선 먹기는 곶감이 달다고 그 지랄들을 했다가 잘코사니야!

아 그런데 그 못된 놈의 풍습이 삽시간에 동서양 각국 안 간 데 없이 퍼져 가지굴랑 한동안 내지에도 마구 굉장히 드세게 돌아다녔고 내지가 그라니까 멋도 모르는 조선 영감상들도 덩달아서 그 숭내를 냈다나요.

그렇지만 시방은 그새 나라에서 엄하게 밝히고 금하고 한 덕에 많이 너끔해졌고, 그런 마음 먹는 사람은 별반 없다나 봐요.

그럴 게지 글쎄. 아 해서 좋을 양이면야 나라에선들 왜 금하며 무슨 원수가 졌다고 잡아다가 징역을 살리나요?

좋고 유익한 것이면 나라에서 도리어 장려하고 잘할라치면 상급도 주고 그리잖아요.

활동사진이며 스모며 만자이며 또 왓쇼왓쇼랄지 세이레이 낭아시랄지 라디오 체조랄지 이런 건 다 유익한 일이니까 나라에서 설도도 하고 그리잖아요.

나라라는 게 무언데? 그런 것 다 잘 분간해서 이럴 건 이러고 저럴 건 저러라고 지시하고 그 덕에 백성들은 제가끔 제 분수대루 편안히 살도록 애써 주는 게 나라 아니요?

그놈의 것 사회주의만 하더라도 나라에서 금하들 않고 저희가 하는 대루 두어 두었어 보아? 시방쯤 세상이 무엇이 됐을지…….

다른 사람들도 낭패 본 사람이 많았겠지만 우선 나만 하더래도 글쎄 어쩔 뻔했어! 아무 일도 다 틀리고 뒤죽박죽이지.

내 희망과 계획은 이렇거든요.

우리 집 다이쇼가 나를 자별히 귀여워하고 신용을 하니깐 인제 한 십 년만 더 있으면 한밑천 들여서 따루 장사를 시켜 줄 그런 눈치거든요.

그놈을 언덕 삼아 가지고 나는 삼십 년 동안, 예순 살 환갑까지만 장사를 해서 꼭 십만 원을 모을 작정이지요. 십만 원이면 조선 부자로 쳐도 천석꾼이니 머 떵떵거리고 살 게 아니요?

그리고 우리 다이쇼도 한 말이 있고 하니까 나는 내지인 규수한테로 장가를 들래요. 다이쇼가 다 알아서 얌전한 자리를 골라 중매까지 서 준다고 그랬어요. 내지 여자가 참 좋지요.

나는 조선 여자는 거저 주어도 싫어요. 구식 여자는 얌전은 해도 무식해서 내지인하구 교제하는 데 안 되고, 신식 여자는 식자가 들었다는 게 건방져서 못쓰고, 도무지 그래서 조선 여자는 신식이고 구식이고 다 제바리여요.

내지 여자가 참 좋지 머. 인물이 개개 일짜로 예쁘겠다, 얌전하겠다, 상냥하겠다, 지식이 있어도 건방지지 않겠다, 조음이나 좋아!

그리고 내지 여자한테 장가만 들 뿐 아니라 성명도 내지인 성명으로 갈고, 집도 내지인 집에서 살고, 옷도 내지 옷을 입고, 밥도 내지 식으로 먹고, 아이들도 내지 이름을 지어서 내지인 학교에 보내고……. 내지인 학교래야지 조선 학교는 너절해서 아이들 버려 놓기 꼭 맞아요.

그리고 말도 조선말은 싹 걷어치우고 내지어만 쓰고요.

이렇게 다 생활 법식부텀도 내지인처럼 해야만 돈도 내지인처럼 잘 모으게 되거든요.

내 희망이며 계획은 이래서 아 십만 원짜리 큰 부자가 바루 내다뵈고 그리루 난 길이 환하게 트이고 해서 나는 시방 열심으로 길을 가고 있는데, 글쎄 그 미쳐 살 마 같은 놈들이 세상 망쳐 버릴 사회주의를 하려 드니 내야 소름이 끼칠 게 아니라구요? 말만 들어도 끔찍하지!

세상이 망해서 뒤집히면 그래 나는 어쩌란 말이야? 아무것도 다 허사가 될 테니 그런 억울할 데가 있더람?

머 참 우리 집 다이쇼 말이 일일이 지당해요. 여느 절도나 강도나 사기나 그런 죄는 도적이면 도적을 해 가는 그 당장, 그 돈만 축을 내니까 오히려 죄가 가볍지만, 그놈의 것 사회주의인지 지랄인지는 온 세상을 뒤죽박죽을 만들어 놓고 나라를 통째로 소란하게 하니까 도저히 용서할 수가 없대요.

용서라니! 나 같으면 그런 놈들은 모주리 쓸어다가 마구 그저 그냥…….

그런 일을 생각하면, 털어놓고 말이지 우리 아저씬지 그 양반도 여간 불측스러 뵈들 안해요. 사실 아주머니만 아니면 내가 무슨 천주학이라고, 나쁜 병까지 앓는 그 양반을 찾아다니나요. 죽는대도 코도 안 풀어 붙일걸.

그러나마 전자의 죄상을 다 회개를 하고 못된 마음은 씻어 버렸을 제 말이지, 머 개 꼬리 삼 년이라더냐, 종시 그 모양인걸요. 그러니깐 그가 밉깡머리스러워서, 더러 들렀다가 혹시 마주앉아도 위정 뼈끝 저린 소리나 내쏘아 주고 말을 따잡아 가지굴랑 꼼짝 못하게 시리 몰아세 주군 하지요.

요전번에도 한번 혼을 단단히 내 주었지요. 아 그랬더니 아주머니더러 한다는 소리가, 그 녀석 사람 버렸더라고, 아무짝에도 못 쓰게 길이 들었더라고 그러더라나요!

내 원, 그 소리를 듣고 하두 어처구니가 없어서!

대체 사람도 유만부동이지 그 아저씨가 날더러 사람 버렸느니 아무짝에도 못 쓰게 길이 들었느니 하더라니, 원 입이 몇 개나 되면 그런 소리가 나오는 구멍도 있누?

조선 벙어리가 다 말을 해도 나 같으면 할 말 없겠더구만서두. 하면 다 말인 줄 아나 봐?

이를테면 그게 명색 훈계 비슷한 거렸다? 내게다가 맞대 놓고 그런 소리를 하다가는 되잽혀서 혼이 날 테니까 슬며시 아주머니더러 일르란 요량이던 게지?

기가 맥혀서……. 하느님이 인간 콧구멍 두 개로 마련하기 참 다행이야.

글쎄 아무려면 내가 자기처럼 다 공부는 못하고 남의 집 고조 노릇으로 반또(番頭) 노릇으로 이렇게 굴러먹을 값에, 이래 보여도 표창을 두 번이나 받은 모범 점원이요, 남들이 똑똑하고 재주 있고 얌전하다고 칭찬이 놀랍고 앞길이 환히 트인 유망한 청년인데, 그래 자기 눈에는 내가 버린 놈이고 아무짝에도 못 쓰게 길이 든 놈으로 보였단 말이지?

하하, 오옳지! 거 참 그렇겠군. 자기는 자기 하는 짓이 옳으니까 남이 하는 짓은 다 글렀단 말이렷다?

그러니까 나도 자기처럼 그놈의 것 사회주의인지 급살 맞을 것인지나 하다가 징역이나 살고 전과자나 되고 폐병이나 앓고 다 그랬더라면 사람 버리지도 않고 아무짝에도 못 쓰게 길든 놈도 아니고 그럴 뻔했군 그래!

흥! 참…….

제 밑 구린 줄 모르고서 남더러 어쩌구저쩌구 한다는 게 꼭 우리 아저씨 그 양반을 두고 이른 말인가 봐.

그날도 실상 이랬다우. 혼을 내 주었더니 아주머니더러 그런 소리를 하더란 그날 말이요.

그날이 마침 내가 쉬는 날이길래 아주머니더러 할 이얘기도 있고 해서 아침결에 좀 들렀더니, 아주머니는 남의 혼인집으로 바느질을 해 주러 갔다고 없고 아저씨 양반만 여전히 아랫목에 가 드러누웠어요.

그런데 보니까 어데서 모두 뒤져냈는지 머리 맡에다가 헌 언문 잡지를 수북이 쌓아 놓고는 그걸 뒤져요.

그래 나도 심심 삼아 한 권 집어 들고 떠들어 보았더니 머 읽을 맛이 나야지요.

대체 조선 사람들은 잡지 하나를 해도 어찌 모두 그 꼬락서니로 해 놓는지.

사진도 없지요, 망가(漫畵)도 없지요, 그러구는 맨판 까달스런 한문 글자루다가 처박아 놓으니 그걸 누구더러 보란 말인고?

더구나 우리 같은 놈은 언문도 그런대루 뜯어보기는 보아도 읽기에 여간만 폐롭지가 안해요.

그러니 어려운 언문하고 까다로운 한문하고를 섞어서 쓴 글은 뜻을 몰라 못 보지요. 언문으로만 쓴 것은 소설 나부랭인데 읽기가 힘이 들 뿐 아니라 또 조선 사람이 쓴 소설이란 건 아무 재미도 없지요. 그래서 나는 조선 신문이나 조선 잡지하구는 담쌓고 남 된 지 오랜걸요.

잡지야 머 《킹구》나 《쇼넹구라부》 덮어 먹을 잡지가 없지요. 참 좋아요.

한문 글자마다 가나를 달아 놓았으니 어떤 대문을 척 펴 들어도 술술 내리읽고 뜻을 횅하니 알 수가 있지요. 그리고 어떤 대문을 읽어도 유익한 교훈이나 재미나는 소설이지요.

소설 참 재미있어요. 그중에도 '기꾸지깡' 소설……. 어쩌면 그렇게도 아기자기하고도 달콤하고도 재미가 있는지. 그리고 '요시까와 에이찌', 그의 소설은 진찐바라바라하는 지다이모노인데 마구 어깻바람이 나지요.

소설이 모두 재미가 있지요, 망가가 많지요, 사진이 많지요, 그러구도 값은 조음 헐하나요. 십오 전이면 바루 고 전 달 치를 사 볼 수 있고, 보고 나서는 오 전에 도루 파는데요.

잡지도 기왕 할려거든 그렇게 해야지. 조선 사람들은 제엔장 큰소리는 곧잘 하더구만서두 잡지 하나 반반한 거 못 맨들어 내니!

그날도 글쎄 잡지가 그 꼴이라 애여 글은 볼 멋도 없고 해서 혹시 망가나 사진이라도 있을까 하고 책장을 후루루 넹기느라니깐 마침 아저씨 이름이 있겠다요! 하두 신통해서 쓰윽 펴 들고 보았더니 제목이 첫 줄은 경제…… 무엇 어쩌구 쇠눈깔만씩 한 글자로 박아 놓고 그 옆에다가는 사회…… 무엇 어쩌구 잔주를 달았더군요.

그것만 보아도 벌써 그럴듯해요. 경제는 아저씨가 대학교에서 경제를 배웠다니까 경제 속은 잘 알 것이고, 또 사회는 그것 역시 사회주의를 했으니까 그 속도 잘 알 것이고, 그러니까 경제하고 사회주의하고 어떻게 서루 관계가 되는 것이며 어느 편이 옳다는 것이며 그런 소리를 썼을 게 분명해요.

머 보나 안 보나 빠안하지요. 대학교까지 가설랑 경제를 배우고도 돈은 모을 생각 않고서 사회주의만 하고 다닌 양반이라 경제가 그르고 사회주의가 옳다고 우겨 댔을 게니깐요.

아무렇든 아저씨가 쓴 글이라는 게 신기해서 좀 보아 볼 양으로 쓰윽 훑어봤지요. 그러

나 웬걸, 읽어 먹을 재주가 있나요.

글자는 아주 어려운 자만 아니면 대강 알기는 하겠는데, 붙여 보아야 대체 무슨 뜻인지를 알 수가 있어야지요!

속이 상하길래 읽어 보자던 건 작파하고서 아저씨를 좀 따잡고 몰아셀 양으로 그 대목을 차악 펴 놓았지요.

"아저씨?"

"왜 그러니?"

"아저씨가 여기다가 경제 무어라구 쓰구 또 사회 무어라구 썼는데, 그러면 그게 경제를 하란 뜻이요, 사회주의를 하란 뜻이요?"

"뭐?"

못 알아듣고 뚜렛뚜렛해요. 자기가 쓰고도 오래돼서 다 잊어버렸거나, 혹시 내가 말을 너무 까다롭게 내기 때문에 섬뻑 대답이 안 나왔거나 그랬겠지요. 그래 다시 조곤조곤 따졌지요.

"아저씨…… 경제란 것은 돈 모아서 부자 되라는 거 아니요? 그런데 사회주의란 것은 모아 둔 부자 사람의 돈을 뺏어 쓰는 거 아니요?"

"이 애가 시방!"

"아—니, 들어 보세요."

"너 그런 경제학, 그런 사회주의 어데서 배웠니?"

"배우나마나 경제라는 건 돈 많이 벌어서 애껴 쓰구 나머지 모아 두는 게 경제 아니요?"

"그건 보통 경제한다는 뜻으로 쓰는 경제고, 경제학이니 경제적이니 하는 건 또 다르다."

"다를 게 무어요? 경제는 돈 모으는 것이고 그러니까 경제학이면 돈 모으는 학문이지요."

"아니다. 혹시 이재학(理財學)이라면 돈 모으는 학문이라고 해도 근리(近理)할지 모르지만 경제학은 그런 게 아니다."

"아—니 그렇다면 아저씨 대학교 잘못 다녔소. 경제 못하는 경제학 공부를 오 년이나 육 년이나 했으니 그거 무어란 말이요? 아저씨가 대학교까지 다니면서 경제 공부를 하구두 왜 돈을 못 모으나 했더니 인제 보니깐 공부를 잘못해서 그랬군요!"

"공부를 잘못했다? 허허. 그랬을는지도 모르겠다. 옳다, 네 말이 옳아!"

이거 봐요 글쎄. 단박 꼼짝 못하잖아. 암만 대학교를 다니고, 속에는 육조를 배반했어도 그렇다니깐 뭐…….

"아저씨?"

"왜 그래?"

"그러면 아저씨는 대학교를 다니면서 돈 모아 부자 되는 경제 공부를 한 게 아니라 모아 둔 부자 사람네 돈 뺏어 쓰는 사회주의 공부를 했으니 말이지요……."

"너는 사회주의가 무얼루 알구서 그러니?"

"내가 그까짓 걸 몰라요?"

한바탕 주욱 설명을 했지요. 내 얼굴만 물끄러미 올려다보고 누웠더니 피쓱 한 번 웃어요. 그러고는 그 양반이 하는 소리겠다요.

"그게 사회주의냐? 불한당이지."

"아—니, 그럼 아저씨두 사회주의가 불한당인 줄은 아시는구려?"

"내가 왜 사회주의가 불한당이랬니?"

"방금 그러잖았어요?"

"글쎄, 그건 사회주의가 아니라 불한당이란 그 말이다."

"거 보시우! 사회주의란 것은 그렇게 날불한당이어요. 아저씨두 그렇다구 하면서 아니래시요?"

"이 애가 시방 입심 겨름을 하재나!"

이거 봐요. 또 꼼짝 못하지요? 다 이렇대두 글쎄…….

"아저씨?"

"왜 그래?"

"아저씨두 맘 달리 잡수시요."

"건 어떻게 하는 말이야?"

"걱정 안 되시우?"

"날 같은 사람이 걱정이 무슨 걱정이냐? 나는 네가 걱정이더라."

"나는 머 버젓하게 요량이 있는걸요."

"어떻게?"

"이만저만한가요!"

또 한바탕 주욱 설명을 했지요. 이얘기를 다 듣더니 그 양반 한다는 소리 좀 보아요.

"너두 딱한 사람이다!"

"왜요?"

"……."

"아—니, 어째서 딱하다구 그러시우?"

"……."

"네? 아저씨."

"……."

"아저씨?"

"왜 그래?"

"내가 딱하다구 그러셨지요?"

"아니다. 나 혼자 한 말이다."

"그래두……."

"이애!"

"네?"

"사람이란 것은 누구를 물론허구 말이다, 아첨하는 것같이 더러운 게 없느니라."

"아첨이요?"

"저 — 위로는 제왕, 밑으로는 걸인, 그 모든 사람이 제가끔 제 분수대루 살아가는 데 있어서 말이다, 제 개성을 속여 가면서 생활에다가 아첨하는 것같이 더러운 것이 없고, 그런 사람같이 가련한 사람은 없느니라. 사람이란 것은 밥 두 그릇이 하필 밥 한 그릇보다 더 배가 부른 건 아니니까."

"그건 무슨 뜻인데요?"

"네가 내지인 여자와 결혼을 해서 성명까지 갈고 모든 생활 법도를 내지화하겠다는 것이 말이다."

"네, 그게 좋잖아요?"

"그것이 말이다. 진실로 깊은 교양이나 어진 지혜의 판단에서 우러나온 것이라면 그도 함 직한 노릇이겠지. 그렇지만 내가 보기에 네가 그런다는 것은 다른 뜻으로 그러는 것 같다."

"다른 뜻이라니요?"

"네 주인의 비위를 맞추고 이웃의 비위를 맞추고 하자고……."

"그야 물론이지요! 다이쇼 신용을 받아야 하고, 이웃 내지인들하구도 좋게 지내야지요. 그래야 할 게 아니겠어요?"

"……."

"아저씨는 아직두 세상 물정을 모르시요. 나이는 나보담 많구 대학교 공부까지 했어도 일찍 고생살이한 나만큼 세상 물정은 모릅니다. 시방이 어느 세상인데 그러시우?"

"이애!"

"네?"

"네가 방금 세상 물정이랬지?"

"네."

"앞길이 환하니 틔었다구 그랬지?"

"네."

"환갑까지 십만 원 모은다구 그랬지?"

"네."

"네가 말하려는 세상 물정하구 내가 말하려는 세상 물정하구 내용이 다르기도 하지만 세상 물정이란 건 그야말로 그리 문문한 게 아니다."

"네?"

"사람이란 건 제아무리 날구뛰어도 이 세상에 형적 없이 그러나 세차게 주욱 흘러가는 힘—그게 말하자면 세상 물정이겠는데—결국 그것의 지배하에서 그것을 따라가지 별수가 없는 거다."

"네?"

"쉽게 말하면 계획이나 기회를 아무리 억지루 만들어 놓아도 결과가 뜻대루는 안 된단 말이다."

"체! 아저씨두……. 요전 '킹구'라는 잡지에두 보니까 나폴레옹이라는 서양 영웅이 그랬답디다, 기회는 제가 만든다구. 그리고 불가능이란 말은 바보의 사전에서나 찾을 글자라구요. 아 자꾸자꾸 계획하구 기회를 만들구 해서 분투노력해 나가면 이 세상 일 안 되는 일이 어데 있나요? 한 번 실패하거든 곱절 용기를 내 가지구 다시 일어서지요. 칠전팔기 모르시요?"

"나폴레옹도 세상 물정에 순응할 때는 성공했어도 그놈에 거슬리다가 실패를 했더란다. 너는 칠전팔기해서 성공한 몇 사람만 보았지, 여덟 번 일어섰다가 아홉 번째 가서 영영 쓰러지구는 다시 일지 못한 숱한 사람이 있는 건 모르는구나?"

"그래두 인제 두구 보시우. 나는 천하없어두 성공하구 말 테니……. 아저씨는 그래서 더구나 못써요! 일해 보기두 전에 안 될 줄로 낙심 먼저 하구……."

"하늘은 꼭 올라가 보구래야만 높은 줄 아니?"

원 마지막에 가서는 할 소리가 없으니깐 동에도 닿지 않는 비유를 갖다가 둘러대는 것 보아요. 그게 어디 당한 말인고? 안 올라가 보면 머 하늘 높은 줄 모를 천하 멍텅구리도 있을까?

그만해 두려다가 심심하길래 또 말을 시켰지요.

"아저씨?"

"왜 그래?"

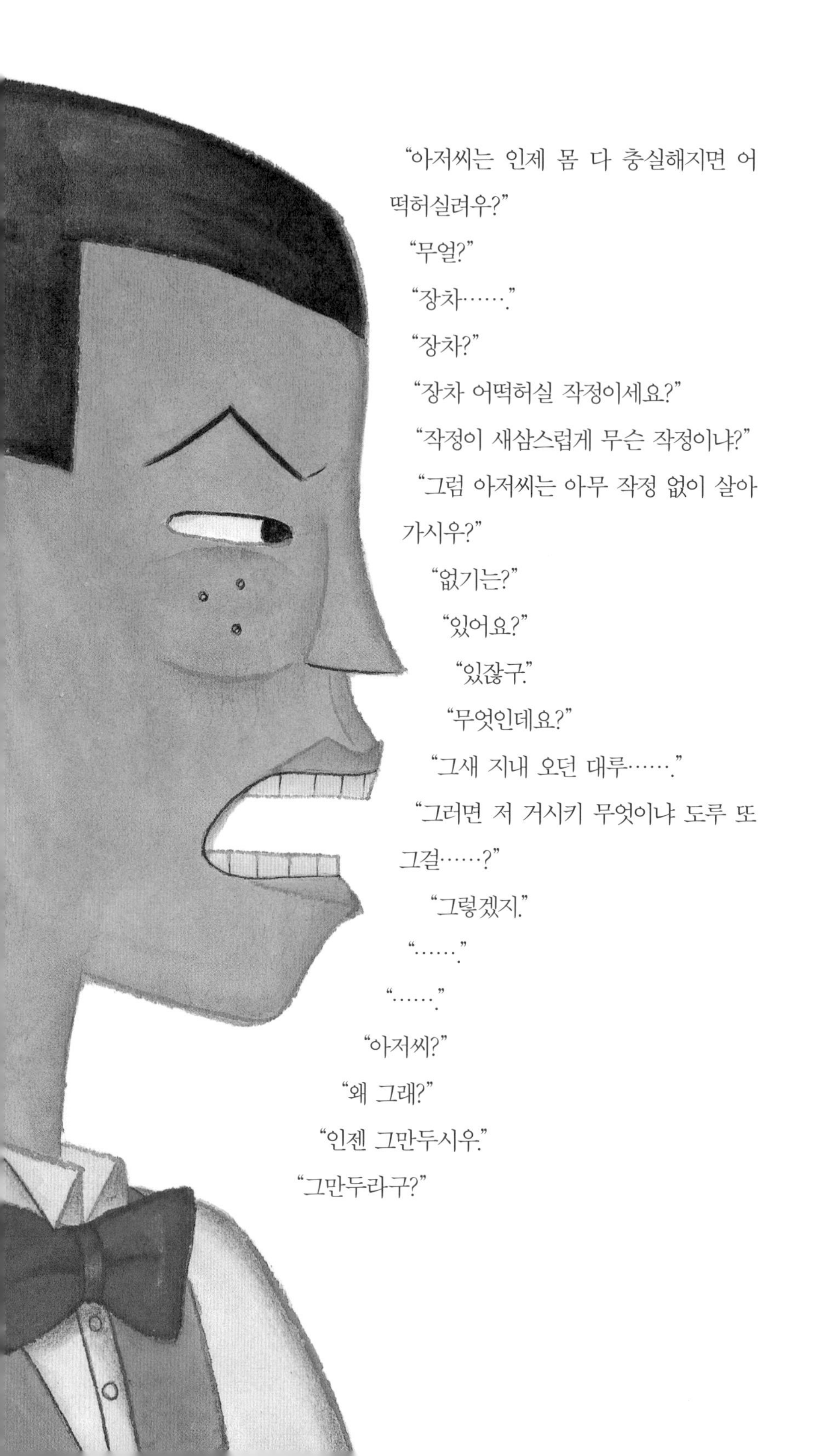

"아저씨는 인제 몸 다 충실해지면 어떡허실려우?"

"무얼?"

"장차……."

"장차?"

"장차 어떡허실 작정이세요?"

"작정이 새삼스럽게 무슨 작정이냐?"

"그럼 아저씨는 아무 작정 없이 살아가시우?"

"없기는?"

"있어요?"

"있잖구."

"무엇인데요?"

"그새 지내 오던 대루……."

"그러면 저 거시키 무엇이냐 도루 또 그걸……?"

"그렇겠지."

"……."

"……."

"아저씨?"

"왜 그래?"

"인젠 그만두시우."

"그만두라구?"

"네."

"누가 심심소일루 그런 줄 아니?"

"그러잖구요?"

"……."

"아저씨?"

"……."

"아저씨?"

"왜 그래?"

"아저씨 올에 몇이지요?"

"서른셋."

"그러니 인제는 그만큼 해 두고 맘 잡아서 집안일 할 나이두 아니요?"

"집안일은 해서 무얼 하나?"

"그러기루 들면 그 짓은 해서 또 무얼 하나요?"

"무얼 하려구 하는 게 아니란다."

"그럼, 아무 희망이나 목적이 없으면서 그래요?"

"목적? 희망?"

"네, 네."

"개인의 목적이나 희망은 문제가 다르니까……, 문제가 안 되니까……."

"원, 그런 법도 있나요?"

"법?"

"그럼요!"

"법이라……."

"아저씨?"

"……."

"아저씨?"

"왜 그래?"

"아주머니가 고맙잖습디까?"

"고맙지."

"불쌍하지요?"

"불쌍? 그렇지. 불쌍하다면 불쌍한 사람이지!"

"그런 줄은 아시느만?"

"알지."

"알면서 그러시우?"

"고생을 낙으로, 그놈 쓰라린 맛을 씹고 씹고 하면서 그놈에서 단맛을 알아내는 사람도 있느니라. 사람도 있는 게 아니라 사람마다 무슨 일에고 진정과 정신을 꼬박 거기다가만 쓰면 그렇게 되는 법이니라. 그러니까 그쯤 되면 그때는 고생이 낙이지. 네 아주머니만 두고 보더래도 고생이 고생이면서도 고생이 아니고 고생하는 게 낙이란다."

"그렇다고 아저씨는 그걸 다행히만 여기시우?"

"아—니."

"그렇거들랑 아저씨두 아주머니한테 그 은공 더러는 갚아야 옳을 게 아니요?"

"글쎄, 은공을 모르는 건 아니지만……."

"그러니 인제 병이나 확실히 다 나신 뒤엘라컨……."

"바빠서 원……."

글쎄 이 한다는 소리 좀 보지요? 시치미 뚜욱 떼고 누워서 바쁘다는군요!

사람 속 차릴 여망 없어요. 그저 어데루 대나 손톱만치도 쓸모는 없고 남한테 사폐만 끼치고 세상에 해독만 끼칠 사람이니, 머 하루 바삐 죽어야 해요. 죽어야 하고 또 죽어서 마땅해요. 그런데 글쎄 죽지를 않고 꼼지락꼼지락 도루 살아나니 성화라구는, 내…….

* 1938년 3월 7일부터 14일까지 《동아일보》에 연재된 것을 바탕으로 함.

어휘풀이

가나 일본 고유의 글자.

검불 가느다란 나뭇가지, 마른 풀, 낙엽 따위를 통틀어 이르는 말.

계제 어떤 일을 할 수 있게 된 기회.

고쓰까이(小使) 관청이나 회사, 학교, 가게에서 잔심부름을 시키기 위해 고용한 사람.

고조 나이 어린 점원.

군색하다 필요한 것이 없거나 모자라서 애처롭고 가엾다.

군호 서로 눈짓이나 말 따위로 몰래 연락함. 또는 그런 신호.

권면 알아듣도록 타일러서 힘쓰게 함.

근리(近理)하다 이치에 거의 맞다.

급살 갑자기 닥쳐오는 재앙.

기꾸지깡(기쿠치간) 장편 통속소설을 주로 썼던 일본의 극작가 겸 소설가.

기수(氣數) 저절로 오고 가고 한다는 길흉화복의 운수.

까달스럽다(까다롭다) 복잡하고 어렵다.

깜냥 스스로 일을 헤아림.

낭패 계획한 일이 실패로 돌아가거나 기대에 어긋나 매우 딱하게 됨.

내지 외국이나 식민지에서 본국을 이르는 말.

너끔하다(누꿈하다) 전염병이나 해충 따위의 퍼지는 기세가 매우 심하다가 조금 누그러져 약해지다.

너절하다 허름하고 지저분하다. 하찮고 시시하다.

다다끼우리 손해를 무릅쓰고 싼값에 팔아 버리는 일.

당하다 사리에 마땅하거나 가능하다.

대문 이야기나 글 따위의 특정한 부분.

대천지원수 한 하늘 아래 함께 머리를 두고 살 수 없는 원수.

덮다 기세, 능력 따위에서 앞서거나 누르다.

동 사물과 사물을 잇는 마디. 또는 사물의 조리.

되잡히다(되치이다) 남에게 덮어씌우려다가 도리어 자기가 당하다.

됩다(도리어) 예상이나 기대 또는 일반적인 생각과는 반대되거나 다르게.

디립다(들입다) 세차게 마구.

따잡다 따져서 엄하게 다잡다.

때여가다 죄지은 사람이 잡혀가다.

뚜렛뚜렛하다 어리둥절하여 눈을 이리저리 굴리다.

뜯어보다 글에 서툴러서 겨우 이해하다.

마(魔) 일이 잘되지 아니하게 훼방을 놓는 요사스러운 장애물. 사람의 마음을 홀려 제정신을 차리지 못하게 하고 악한 길로 유혹하는 나쁜 귀신.

만자이 두 사람이 익살스럽게 주고받으며 하는 이야기.

망가(漫畵) 만화.

맨판 늘, 항상.

명색 겉으로 내세우는 구실.

문문하다 어려움 없이 쉽게 다루거나 대할 만하다.

밉깡스럽다(밉광스럽다) 보기에 매우 밉살스러운 데가 있다.

박색 아주 못생긴 여자.

반또(番頭) 고용인의 우두머리. 지배인.

발련(반연) 무엇에 이르기 위한 연줄로 삼음. 또는 그런 연줄.

버젓하다 남의 축에 빠지지 않을 정도로 번듯하다.

범연히 친밀감 없이 예사롭게.

법식 일정한 방법이나 형식.

복록 타고난 복과 벼슬아치의 녹봉이라는 뜻으로, 복되고 영화로운 삶을 이르는 말.

분지복 저마다 타고난 복.

불고 돌보지 아니함.

불측스럽다 괘씸하고 엉뚱한 데가 있다.

사폐 남에게 끼치는 괴로움.

상급 상으로 주는 돈.

서발막대 세 발 정도 되는 길이의 긴 막대. '한 발'은 두 팔을 양옆으로 벌렸을 때, 한쪽 손끝에서 다른 쪽 손끝까지의 길이를 말함.

설도 사람이 지켜야 할 바른 도리를 설명하고 이끎.

섬뻑 곧바로.

세이레이 낭아시 7월 보름에 제물을 강이나 바다에 띄우는 일본 불교 행사.

수난 후분 고생 끝에 늙어서 받는 복.

수발 가까이에서 돌보거나 여러 가지 심부름을 하다.

수응 부탁이나 요구에 맞추어 행동함.

식자 글이나 글자를 앎. 또는 그런 지식.

실토 거짓 없이 사실대로 다 말함.

심덕 너그럽고 착한 마음 씀씀이.

심심소일 심심풀이로 어떤 일을 하며 시간을 보냄. 또는 그런 일.

아라사 러시아.

알량꼴량하다 얼굴이나 모양새가 좋지 않고 보잘것없다.

애 몹시 수고로움.

양주 바깥주인과 안주인이라는 뜻으로, '부부'를 이르는 말.

양지짝(양지쪽) 볕이 잘 드는 쪽.

어리치다 독한 냄새나 밝은 빛 같은 강한 자극 때문에 정신이 흐릿해지다.

어리친 개새끼 한 마리 없다 어리쳐서 정신없이 비틀거리는 개 한 마리도 얼씬하지 않는다는 뜻으로 '아무도 지나가는 사람이 없음'을 비유하여 이르는 말.

언문 한글을 속되게 이르던 말.

여대치다 비교 대상을 훨씬 넘어서다.

여망 아직 남은 희망. 앞으로의 희망.

오캄 남의 아내. 주로 장사꾼의 아내.

완구히 어떤 상태가 완전하여 오래 견딜 수 있게.

왓쇼왓쇼 신령을 모신 가마를 메고 가면 내는 '영차 영차'와 같은 소리. 또는 이런 행사가 있었던 일본의 마을 축제.

요량 앞일을 잘 헤아려 생각함. 또는 그런 생각.

요시까와 에이찌(요시카와 에이지) 역사소설에 뛰어났던 일본의 소설가.

위정(우정) 일부러.

유만부동 정도에 넘침. 또는 분수에 맞지 아니함.

의지가지없다 믿고 마음을 기대거나 도움을 받을 만한 사람이 없다.

이재학(理財學) 경제 현상을 분석하고 연구하는 학문. 나라를 다스리는 데에 필요한 자금의 조달, 관리, 운용 따위에 대하여 연구하는 학문

일색 뛰어나게 아름다운 여자.

일짜(일자) 한마디의 글.

입심 겨름 말로써 서로 다투는 것.

자별히 남보다 특별하게.

작파하다 어떤 계획이나 일을 중도에서 그만두어 버리다.

작히나 조금이나마.

잔주 큰 주석 아래에 더 자세히 단 주석.

잘라떼다 받아들이지 않고 단호하게 물리치다.

잘코사니 미운 사람의 불행을 고소하게 여길 때에 내는 소리.

적공 많은 힘을 들여 애를 씀.

전중이 징역살이하는 사람을 속되게 이르는 말.

제바리 막일꾼들이 자기의 불만을 나타낼 때 하는 말.

존존히 넉넉하게.

종시 끝까지 내내.

죄다짐 죄에 대한 갚음.

주책꾸러기 아무 생각 없이 되는 대로 하는 사람.

지다이모노 연극, 영화, 소설 등에서 주로 에도 시대(1603~1867) 이전을 다룬 시대물.

진찐바라바라 어떤 것이 양적으로 풍성하여 신이 난 모양새.

진하다 어떤 정도가 보통보다 더 세거나 강하다.

차도 병이 조금씩 나아가는 정도.

참섭 어떤 일에 끼어들어 간섭함.

철빈 찢어지게 가난함. 또는 그런 가난.

추다 다른 사람의 기분을 맞추느라 훌륭하거나 뛰어나다고 말하다.

치패(致敗)하다 하는 일이 작고도 더럽다.

칠전팔기 일곱 번 넘어지고 여덟 번 일어난다는 뜻으로, 여러 번 실패해도 굴하지 않고고 꾸준히 노력함을 이르는 말.

택(턱) 그렇게 하거나 되어야 할 까닭이나 이치.

토혈 피를 토함.

통히 도무지.

팔자 고치다 여자가 재혼하다. 가난하던 사람이 잘살게 되다.

페롭다 성가시고 귀찮다.

풀어먹다 어떤 목적에 써먹다.

헐하다 값이 싸다.

형적 사물의 형상과 자취.

화단 재앙이나 화를 일으킬 실마리.

흰말 필요 없는 말.

깊게 읽기

묻고 답하며 읽는 〈치숙〉

배경

인물·사건

작품

주제

1_ 인물과 소재를 살피다

아저씨는 어떤 사람인가요?

'치숙'이 무슨 뜻인가요?

'나'는 어떤 사람인가요?

아주머니는 어떤 사람인가요?

'나'가 읽은 일본 잡지는 어떤 책인가요?

2_ 뒤틀린 시대를 말하다

'나'는 왜 일본말만 쓰려고 하나요?

'나'는 왜 점원이 된 것을 다행으로 생각하나요?

아주머니네 집은 왜 망했나요?

아저씨는 왜 바람을 피웠나요?

아저씨는 왜 사회주의에 대해 설명하지 않나요?

3_ 작가의 생각을 읽다

아저씨와 '나'는 왜 사회주의를 다르게 생각하나요?

아저씨는 왜 아주머니에게 그렇게 당당한가요?

'나'는 왜 아저씨를 미워하나요?

화자의 태도는 어떤가요?

작가가 풍자하는 대상은 누구인가요?

1
인물과 소재를 살피다

아저씨는 어떤 사람인가요?

우리 아저씨 말이지요? 아따 저 거시키, 한참 당년에 무엇이냐 그 놈의 것 머? 사회주의라더냐 막걸리라더냐, 그걸 하다가 징역 살고 나와서 폐병으로 시방 앓아누웠는 우리 오촌 고모부 그 양반…….

소설 첫머리에서 '나'는 비아냥거리는 투로 아저씨를 소개해요. 그래서 독자는 왠지 한심하기 그지없는 아저씨의 모습을 떠올리게 되죠. 하지만 아저씨는 정말 그런 사람일까요? 지금부터 '아저씨'가 어떤 사람인지 차근차근 짚어 보도록 해요.

아저씨는 열다섯 살에 아주머니와 결혼을 해요. 남녀 간의 애정에 대해서 잘 알지도 못하는 어린 나이에 말이죠. 당시 풍습대로 부모님이 맺어 준 사람과 얼굴도 모른 채 결혼을 했어요. 이후 아저씨는 서울로 동경으로 십여 년간 유학 생활을 하며 대학 공부까지 합니다. 그러면서 서서히 남녀의 연애 감정에 눈을 뜨게 되고, 전통적인 결혼 풍습에 얽매이기보다는 새로운 연애 방식에 관심을 갖게 돼요. 그래서 동경 유학 중에는 이혼을 요구하며 아주머니를 친정으로 쫓아 버리기도 하지요.

공부를 마치고 와서는 사회주의 활동을 하며 학생 출신인 신여성과 동거를 해요. 이 여성은 아저씨처럼 신교육을 받았을 테고, 사회를 바라보는 생각과 이상도 아저씨와 비슷했을 겁니다. 어떻게 보면 아내와 신여성에 대한 아저씨의 태도는 전통과 새로운 사상이 충돌하면서 빚어진 당시 사회의 혼란상을 보여 주는 거라고 할 수 있을 것 같아요.

그 뒤 아저씨는 5년 동안 감옥살이를 해요. 그러다 폐병을 얻어 풀려나게 되지요. 그런 아저씨를 아주머니가 3년간 보살펴서 병이 낫게 됩니다. 몸이 나아졌지만 아저씨는 일정한 직업 없이 간간이 잡지에 사회주의 경제에 관한 글을 쓰면서 아내에게 얹혀사는 무능한 남편의 모습을 보이죠.

"아-니 그렇다면 아저씨 대학교 잘못 다녔소. 경제 못하는 경제학 공부를 오 년이나 육 년이나 했으니 그거 무어란 말이요? 아저씨가 대학교까지

다니면서 경제 공부를 하구두 왜 돈을 못 모으나 했더니 인제 보니깐 공부를 잘못해서 그랬군요!"

"공부를 잘못했다? 허허. 그랬을는지도 모르겠다. 옳다, 네 말이 옳아!"

'나'는 아저씨에게, 대학까지 가서 경제 공부를 했으면서 돈도 못 모으고 잘못 공부했다고 해요. 그런데도 아저씨는 "네 말이 옳다."라며 스스로를 한심하게 여기듯 헛웃음을 웃네요. 왜 아저씨는 스스로 공부를 잘못했다고 말할까요? 사회주의 운동을 하다 감옥까지 갔다 왔고 잡지에 글도 쓰는 지식인의 태도라고 하기에는 참 답답하지요?

아저씨는 사회주의를 통해 현실이 바뀔 수 있을 거라고 생각했어요. 하지만 아저씨가 꿈꾸던 세상은 오지 않았지요. 무력감에 빠진 아저씨는 집 안에서 빈둥거리는데, 이 모습은 일제 강점기 지식인의 전형적인 모습이라고 할 수 있어요. 아저씨는 건강이 나아졌는데도 돈을 벌어 아내의 고생을 덜어 줄 생각은 하지 않고 바쁘다는 핑계만 대요. 현실적인 문제는 외면하고 자기를 합리화하는 이기적인 면모를 느낄 수 있지요.

하지만 아저씨는 지식인으로서 잘못된 사회를 올바른 방향으로 나아가게 하려는 의지를 지녔다는 점에서 긍정적 인물이라 할 수 있어요. 어찌 보면 나라와 민족이 어려움을 당하는 때에, 현실과 타협하기보다는 자신의 신념을 지켰던 조선 시대 선비와 닮았다고도 볼 수 있겠네요.

'치숙'이 무슨 뜻인가요?

이 소설 제목인 '치숙(痴叔)'이라는 말을 들어 본 적이 있나요? 이 말은 국어사전에도 나오지 않아요. 한자를 합해서 만든 말이죠. '치숙'의 '치(痴)'는 '어리석다'라는 뜻이고, '숙(叔)'은 '아저씨'라는 뜻이에요. 그러니까 '치숙'은 '어리석은 아저씨', 즉 '바보 숙부'라는 뜻이지요.

예전에는 친척 어른을 '아저씨', '아주머니'라고 불렀답니다. 우리가 흔히 남자 어른을 '아저씨', 여자 어른을 '아줌마(아주머니)'라고 하는데, 이 소설에 나오는 '아저씨'와 '아주머니'는 그냥 어른을 일컫는 말이 아니라 친척 어른을 가리키는 말입니다.

이 소설에서 '나'와 아주머니는 조카와 당고모(오촌 고모) 사이예요. 아저씨는 당고모의 남편이고요.

그럼, 오촌이란 얼마나 가까운 사이일까요?

아주머니는 나의 부모님과 사촌 간입니다. 여러분도 사촌 형제들이 있지요? 사촌 형제들의 부모님과 여러분의 부모님은 형제자매 간이에요. 그만큼 사촌은 가까운 친척이에요. 그리고 오촌은 바로 나와 부모님의 사촌 형제들 또는 나와 사촌 형제의 자녀들의 관계를 말합니다.

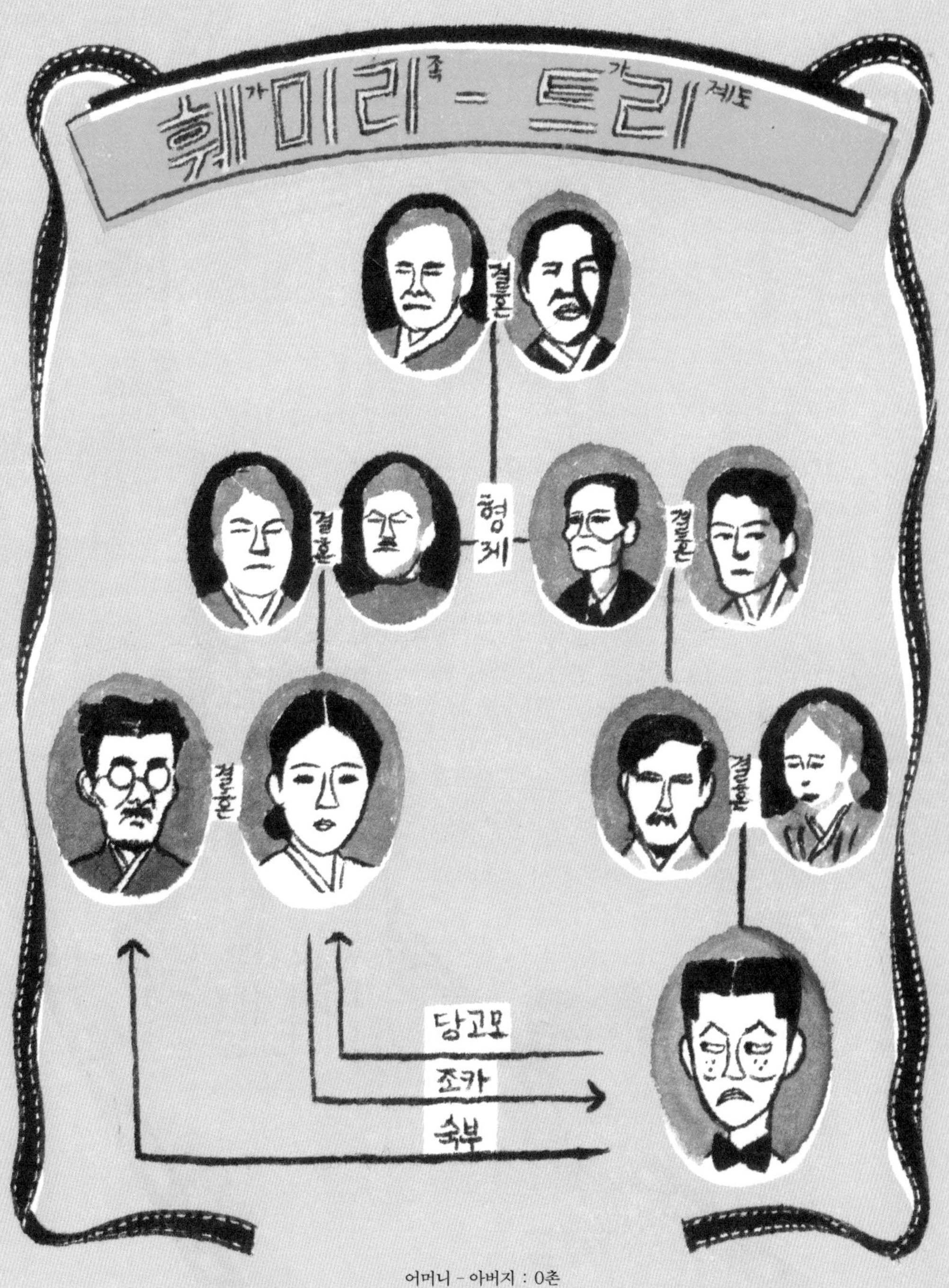

어머니 – 아버지 : 0촌
나 – 부모님 : 1촌
나 – 형제자매 : 2촌

'나'는 어떤 사람인가요?

'나'는 이 소설을 풀어 가는 사람(화자)이에요. 또 소설 처음부터 끝까지 아저씨를 무척 못마땅하게 생각하는 인물이지요. '나'에게 영향을 준 사람과 '나'가 생각하는 인생 목표를 통해 '나'가 어떤 사람인지 알아볼까요?

'나'는 열두 살 무렵에 서울로 올라와 일본인 가게에서 일하고 있어요. 어린 나이에 혼자 서울에 왔기 때문에 일본인 주인의 영향을 많이 받았을 거예요.

'나'가 일하는 곳은 여러 명의 점원을 두고 있는 꽤 큰 가게예요. 일본인 주인은 재물을 모으는 데 관심이 많고 '나'

또한 주인처럼 부자가 되고 싶어 해요. 그래서 주인의 말이라면 무조건 믿고 따르죠. 그러다 보니 주인의 생각과 말이 '나'가 세상을 바라보고 가늠하는 잣대가 되었을 거예요. 결국 '나'는 나라와 민족이 일제에 짓밟히든 말든 오로지 재물을 모으고 자기 이익과 행복을 추구하기에만 급급한 사람이 되고 맙니다.

> 이런 은공이 있으니까 나도 그걸 저버리지 않고 그래서 내 깜냥에는 갚을 만치 갚노라고 갚은 셈이지요.
> 허기야 요새도 간혹 아주머니가 찾아와서 양식 없다는 사정을 더러 하곤 하는데, 실토루 말이지 좀 성가시기는 해요.

'나'는 자기가 대단히 의리 있고 예절바른 사람인 양 말하고 있어요. 명절 때면 고깃근이라도 사 보내고, 또 오며 가며 말벗이라도 하면서 자신을 키워 준 아주머니의 은혜를 갚기 위해 최선을 다한다고 생각하고 있죠.

그러나 좀 더 살펴보면, 아주머니가 찾아와서 양식 없다는 사정을 하면 '나'는 성가시고 귀찮다고 생각해요. 이걸 보면 '나'가 진심으로 아주머니가 베푼 은혜를 갚으려고 한다기보다는 남에게 잘한다고 내세우는 듯해요. 다소 위선적이라는 생각이 드네요.

> 내지 여자가 참 좋지 머. 인물이 개개 일짜로 예쁘겠다, 얌전하겠다, 상냥하겠다, 지식이 있어도 건방지지 않겠다, 조음이나 좋아!
> 그리고 내지 여자한테 장가만 들 뿐 아니라 성명도 내지인 성명으

로 갈고, 집도 내지인 집에서 살고, 옷도 내지 옷을 입고, 밥도 내지 식으로 먹고, 아이들도 내지 이름을 지어서 내지 학교에 보내고……. 내지인 학교래야지 조선 학교는 너절해서 아이들 버려 놓기 꼭 맞아요.

그리고 말도 조선말은 싹 걷어치우고 내지어만 쓰고요.

'나'는 일본말만 써야 한다고 말할 정도로 거리낌이 없어요. 또 조선 것은 싫어하고 일본 것만 좋아하지요. 결혼도 일본인 여자와 하겠다고 합니다. 이런 '나'의 모습은 당시 일제가 실시했던 '우민화 교육' 때문이었을 거예요.

일제의 우민화 정책

수업 기간 단축

일제는 1906년 '보통학교령'을 공포하여, 소학교(보통학교) 기간을 6년에서 4년으로, 중학교(고등보통학교) 기간을 7년에서 3~4년으로 줄였어요. 그리고 4년제 상공학교도 2년으로 줄였답니다.

민족 차별 교육 제도 도입

일제는 1922년 '조선교육령'을 개정하여 소학교와 보통학교를 병행하는 제도를 도입했어요. 소학교에는 '국어를 상용하는 자', 즉 일본인이 다닐 수 있게 하고, 보통학교에는 '국어를 상용하지 않는 자', 즉 조선인을 다니게 했답니다.

직업과 교과 도입

일제는 기존 교육을 '독서 교육'이라고 비판하고, 1929년 보통학교 교육과정을 개정하여 '직업과' 교과를 도입했어요. 그래서 보통학교 교육과정은 풀베기, 가축 돌보기, 실습지 청소, 판매 등의 노력 봉사로 상당 부분 채워져 학교 수업이 빈약하기 그지없었어요.

실업 기능 교육 실시

일제는 우리나라 사람을 우민화하여 자신들의 부림을 잘 받는 하급 관리, 사무원, 근로자 등을 만들려고 했어요. 이런 의도는 보통학교의 목적을 "실용에 맞는 인물을 만드는 데에 있다."라고 한 데라우치 마사타케 총독의 말에서도 드러나죠. 그래서 조선에는 가능한 한 대학을 설립하지 않고, 필요하면 실업 기능 교육만을 하려 했답니다.

교육 여건 악화 및 수업료 징수

1906년 보통학교령에 따라 보통학교의 학급당 정원이 40명에서 60명으로 늘어나 교육 여건이 더욱 나빠졌어요. 또 수업료를 내게 하여 가난한 사람들이 배울 수 있는 기회를 뺏기도 했답니다.

외국어학교와 성균관 폐지

일제는 외국어학교를 폐지하여 한민족의 해외 진출과 교류를 억제하려고 했어요. 또한 성균관을 폐지하여 전통 교육을 말살하려 하기도 했지요.

간이학교제 도입

1920년대 이후 한국인의 교육열 증가로 보통학교 증설 운동을 전개하자 일제는 '간이학교'로 대응했어요. 간이학교는 수업 기간 2년에 80명 정도의 한 개 학급만을 설치할 수 있는 학교를 말해요. 보통학교에 연결되는 기관이 아니라 그 자체로 완전한 교육 기관이었죠. 그런데 수업 가운데 삼분의 일이 직업 훈련이었으며, 교육 시설이나 교재도 제대로 갖추어지지 못했답니다.

아주머니는 어떤 사람인가요?

> 우리 아주머니가 그래도 그 아주머니가 어질고 얌전해서 알량한 남편 양반 받드느라 삯바느질이야, 남의 집 품빨래야, 화장품 장사야, 그 칙살스런 벌이를 해다가 겨우겨우 목구멍에 풀칠을 하지요.

올해 서른네 살인 아주머니는 온화하고 조용하며 얌전하고 어진 성품을 지녔어요. 이런 성품은 아마 아주머니의 집안 분위기에서 형성된 것이 아닐까요?

아주머니네는 평범한 집안은 아니었던 것 같아요. 경제적으로 어느 정도 여유가 있는 데다 사람들 품성이 어질고 선한 집안이었을 거예요. 아들을 일본 유학 보낼 정도가 되는 집안으로 딸을 시집보내고, 자기 자식도 아닌 오촌 조카를 데려다가 보통학교 교육까지 시킨 것을 보면 말이에요. 당시 일반인들은 보통학교를 다니는 것조차 어려웠거든요. 또 돈 좀 있다고 해서 어려운 친척을 챙기는 게 그리 쉬운 일은 아니니까요.

그런데 '나'가 보통학교 4학년을 마칠 무렵 아주머니네 집도, 아저씨네 집도 모두 폭삭 망합니다. 일제의 여러 가지 강압적인 정책 탓도 있겠고, 아저씨가 사회주의 운동을 한 영향도 있었을 거예요.

여유 있던 집안이 갑자기 망해 버리자 아주머니는 먹고살 길이 막막해졌어요. 그래서 일본인 집에서 식모로 일을 하고 남는 시간엔 삯바느질로 돈을 모으면서 남편을 기다리죠.

당시 여성이 돈을 벌 수 있는 일은 많지 않았어요. 많이 배울 수 있었던 것도 아니고, 조선인에게 주어지는 직업도 거의 없었던 시절이니까요. 일본인 집에서 식모 생활을 하는 것이 그나마 구할 수 있었던 일이었답니다.

아주머니는 매우 부지런하고 알뜰한 사람이에요. 월급 오 원과 삯바느질해서 받은 돈으로 일 년 만에 백 원을 모았을 정도니까요. 게다가 식모 일을 그만두었을 때 일본 주인(구라다상네)이 상급으로 칠 원을 더 주잖아요. 그것만 봐도 아주머니가 얼마나 성실하고 책임감이 강한 사람인지 알 수 있어요.

> 팔자 팔자 하지만 왜 팔자를 고치지를 못하고서 그래요. 우리 조선 구식 부인네들은 다 문명을 못하고 깨지를 못해서 그러지.

> 그 무렵에 참 내가 아주머니더러 여러 번 권면을 했지요. 그러지 말고 개가(改嫁)를 가라고. 글쎄 어린 소견에도 보기에 퍽 딱하고 민망합디다.

그런데 아주머니는 소박을 놓고 다른 여자와 산 남편이, 게다가 감옥까지 갔다가 병이 들어 온 남편이 뭐가 좋아서 병 수발까지 하며 살까요?

'나'는 아주머니가 소박을 맞고 힘겹게 식모살이를 하는 게 안쓰러워 일본인 바나나 장수에게 중매를 서려고 해요. 하지만 아주머니는 흉한 소리 말라며 듣지도 않죠.

한 남편만을 섬겨야 한다는 '일부종사(一夫從事)'라는 말이 있어요. 이 말은 남편에 대한 순종이 중요함을 나타내는 것이죠.

아주머니도 그런 전통적인 생각을 지키려는 여인네예요. 그러니까 남편이 자기를 소박 놓았지만, 남편이기 때문에 따르고 기다리며 순종하는 것이죠. 참고 기다리는 게 여인의 몫이라고 생각한 거랍니다. 그렇기 때문에 감옥에서 병들어 나온 아저씨를 먹여 살리는 일도 자기가 해야 할 일이라고 여겼을 거예요.

'나'가 읽은 일본 잡지는 어떤 책인가요?

> 잡지야 머 《킹구》나 《쇼넹구라부》 덮어 먹을 잡지가 없지요. 참 좋아요.
> 한문 글자마다 가나를 달아 놓았으니 어떤 대문을 척 펴 들어도 술술 내리읽고 뜻을 횅하니 알 수가 있지요. 그리고 어떤 대문을 읽어도 유익한 교훈이나 재미나는 소설이지요.

'나'는 만화와 사진이 있고, 읽기 편하고, 내용까지 술술 읽히며, 재미도 있는 일본 잡지와 소설을 무척 좋아해요.

'나'가 주로 보았던 일본 잡지 《킹구》나 《쇼넹구라부》는 어떤 책일까요?

두 잡지는 주로 어린아이들이 보던 오락 잡지예요. 당시 100만 부 이상이 팔렸다고 할 정도로 인기가 높았어요.

《킹구》 창간호

《쇼넹구라부》 창간호

'킹구'는 영어 'King'의 일본식 발음이에요. 이 잡지는 연령, 성별, 직업, 계급에 관계없이 읽을 수 있는 "일본에서 가장 재미있고, 가장 유익하고, 값싼 잡지"라는 슬로건을 내세운 일본의 대표적 오락 잡지랍니다.

《쇼넹구라부》는 '소년구락부', 즉 '소년 클럽'이라는 뜻을 가진 아동 잡지예요. 당시 아동문학에 결여되어 있던 '재미'를 보충한 형태로, 1914년에 창간된 것이랍니다. 이 잡지는 주로 초등 고학년에서 중학교 저학년 사이에 꽤 인기를 누렸어요.

그런데 '나'는 왜 조선 잡지는 재미도 없고 읽기도 쉽지 않다고 생각했을까요?

1923년에 방정환이 《어린이》라는 잡지를 창간했어요. 《쇼넹구라부》처럼 어린이를 대상으로 한 잡지였죠. 그러나 어린이의 교양과 계몽을 위해 만든 잡지인데도 일제의 검열이 심해 많은 부분이 삭제되었어요. 뭉텅 잘려 나간 자리 때문에 글의 앞뒤가 맞지 않아 우습고 어색하기 일쑤였다고 해요. 또 잦은 검열, 압수 수색으로 툭하면 발행이 중단되곤 했어요. 그리고 조선 잡지는 주로 언문과 한문으로 쓰였는데, 당시 초등 교육이 일본어 중심이었기 때문에 '나'가 조선 잡지를 읽기는 쉽지 않았을 겁니다.

'나'는 대중적이고 통속적이며 오락적인 잡지들을 즐겨 읽었어요. 보통학교를 졸업한 정도로는 교양 잡지나 학술 잡지, 전문 잡지를 읽을 지적 수준이 안 되었나 봅니다.

2

뒤틀린 시대를 말하다

'나'는 왜 일본말만 쓰려고 하나요?

> 내지인 학교래야지 조선 학교는 너절해서 아이들 버려 놓기 꼭 맞아요.
> 그리고 말도 조선말은 싹 걷어치우고 내지어만 쓰고요.
> 이렇게 다 생활 법식부텀도 내지인처럼 해야만 돈도 내지인처럼 잘 모으게 되거든요.

〈치숙〉이 발표되었던 1930년대 '나'와 같은 또래 사람들은 어린 시절부터 일제 식민지 교육을 받았어요. 그래서 일본어를 국어로 알고 공부했지요. '나'는 일본어는 읽고 쓸 수 있지만, 언문(한글)은 어려워해요. 또 '나'는 1910년대에 태어났기 때문에 3·1 운동에 대한 기억도 거의 없어요. 그래서 그 이전 세대와는 다르게 나라 빼앗긴 설움 같은 것이 덜했을 거예요.

'나'가 일본을 동경하고 일본인처럼 되고 싶어 하는 마음은 어떻게 생겼을까요? 그것은 바로 일제 식민지 교육 때문이랍니다. 일제 강점기에 조선인들의 생각을 바꾸려고 일제가 무척이나 신경 쓴 것이 바로 교육이었어요.

일제는 1910년에 강제 병합을 하고 나서, 1911년에 우리말의 모국어 지위를 박탈해 버려요. 그래서 일본어가 국어가 됐지요. 우리말은 '조선어 및 한문'이라는 이름의 셋방살이 과목으로 전락하고 맙니다. 초등 교육에서도 조선어 과목을 뺀 모든 교육 용어를 일본어로 가르쳤어요.

고등보통학교 역사와 지리 시간에 조선은 '미개하고 정체된 나라', 일본은 '문명화되고 번영한 나라'라고 가르쳤어요. 그러니 아이들이 조선에 대해 부정적인 생각을 가지게 되었을 겁니다.

1919년 3·1 운동 이후 잠시 주춤했던 '조선어 말살 정책'은 1930년대 들어서 다시 본격적으로 이루어지기 시작해요. 그러다 1939년부터는 각 학교에서 조선어 수업이 사실상 없어지고 말았어요.

이렇다 보니 '나'가 조선 사람은 모두 지저분하고 무식하며 일본인은 새로운 문명을 받아들여 개화된 사람들이라는 생각을 가졌던 겁니다. 또 '나'는 보통학교를 다니면서 일본어를 국어로 알고 공부하고, 일본어로 모든 수업을 받았어요. 그래서 언문을 어려워하고, 더구나 한문은 읽을 수조차 없었던 것이랍니다.

말모이 작전

1929년에 주시경 선생님은 한글 연구를 위해 우리 손으로 만든 사전을 만들려고 했어요. 그래서 뜻을 같이하는 사람들을 모아 '조선어사전 편찬부'를 만들고, 모든 조선말을 모으는 '말모이 작전(말을 모으는 작전)'을 펼쳤어요.

이 작전은 전 국민을 대상으로 했어요. 사람들이 자신이 쓰고 있는 말을 적은 기록을 조선어학회로 전달하면 이를 받은 학회는 각 지역에서 쓰이는 낱말을 비교 분석한 다음 같은 뜻으로 쓰이는 다른 말들을 가려냈어요. 또 각 지역의 말을 모아 옛말, 방언, 새말, 전문어, 고유명사로 구분했지요. 이후 조선표준어사전위원회를 만들어, 수많은 표현 가운데 한 가지 표준어를 정하는 일을 해 나갔어요.

하지만 1942년에 일제는 한국어를 자유롭게 사용하지 못하게 하는 일본어 교육 정책을 강화했어요. 일본어를 기본 과목으로 가르치고 학교에서도 일본어를 강제로 사용하게 했지요. 이러한 분위기 속에서 조선말을 쓸 경우 일본 경찰에 잡혀가 고문을 당했고, 이 과정에서 말모이 작전이 들키게 된 거예요. 결국 말모이 작전을 이끈 학자들이 일본 경찰에게 잡혀가면서 말모이 작전은 위기를 맞게 되었답니다.

그러나 1957년 3804쪽에 달하는 16만 4125개의 단어가 실린 《큰 사전》 전 6권이 탄생하게 되었어요. 말모이 작전을 시작한 지 28년 만에 이룬 민족적 쾌거였지요.

《큰 사전》

'나'는 왜 점원이 된 것을 다행으로 생각하나요?

> 대학교 출신이 막벌이 노동이라께 꼴 가관이지만 그래도 할 수 없지 머.
>
> 그런 걸 보고 가만히 나를 생각하면, 만약 우리 종조할아버지네 집이 그렇게 치패를 안 해서 나도 전문학교나 대학교를 졸업을 했으면 혹시 우리 아저씨 모양이 됐을지도 모를 테니 차라리 공부 많이 않고서 이 길로 들어선 게 다행이다……, 이런 생각이 들어요.

'나'는 '아저씨'를 보면서, 전문학교나 대학교를 졸업했더라도 제대로 된 직업을 가질 수 없었을 거라고 생각해요. 그래서 공부를 많이 하지 않고서 점원 노릇을 하는 자기 처지를 다행으로 여기죠.

당시 경제가 어려워지면서 해고를 당하는 노동자가 많아졌어요. 그래서 거리는 실업자들로 넘쳐나게 되었죠. 1930년에 직장을 잃은 실업자가 15만 명에 이르렀고, 일본에서 직장을 잃고 귀국한 사람도 5만 명이나 되었다고 하네요.

게다가 고학력자들의 실업 문제는 더 심각했어요. 그 내용이 채만식의 〈레디 메이드 인생〉에 잘 나타나 있어요.

〈레디 메이드 인생〉에 나오는 주인공 P는 동경 유학을 마치고 돌아와 조강지처와 이혼을 해요. 그리고 아들을 형님에게 맡긴 채 서울로 올라가죠. 취직자리를 구하러 돌아다니던 P는, 어느 날 신문사 K 사장에게 취직을 부탁합니다. 그러나 시골에 내려가 농사나 지으라는 핀잔을 듣고는 한바탕 대거리를 한 뒤 거리로 뛰쳐나옵니다. 이튿날 아들이 올라온다는 전보를 받은 P는 임시변통으로 돈을 마련해 살림살이를 장만해요. 그런 다음 아들이 올라오자 아들을 절대 공부시키지 않겠다고 선언하면서 인쇄소에 견습공으로 취직시킵니다.

유학까지 다녀온 아버지가 자식은 학교에 보내지 않겠다니, 이것이 말이 되나요? 자신은 정작 일하지 않으면서 아홉 살밖에 안 된 어린 아들을 인쇄소에 견습공으로 취직시키다니……, 정말 어이가 없네요.

요즘이라면 이런 아버지는 엄청난 비난을 받을 거예요. 그리고 의무교육을 시키지 않은 죄로 벌까지 받게 될 거예요. 그러나 P는 공부를 많이 해서 오히려 취직을 하기 어려운 자신의 처지에 절망하여 그런 생각을 하게 된 겁니다. 그러면서 '아들만은 결단코 자신과 같이 아무짝에도 쓸모없는 지식만 머릿속에 가득 담아 두고 있으면서 무능하기 짝이 없는 처지'로 만들지 않겠다고 결심했던 것이죠.

제목 '레디 메이드 인생'은 '미리 준비된 인생'이란 뜻으로, 공부는 많이 했으나 직업을 갖지 못한 고등실업자를 가리키는 말입니다. 일제 강점기에 많은 지식인이 생겨났지만, 식민지였던 조선에서 윗자리는 모두 일본인이 차지하고 있었어요. 그랬기 때문에 식민지 백성은 아무리 공부를 많이 해도 높은 자리에 올라갈 수가 없었죠. 그래서 일본 유학까지 다녀온 청년들이 고등실업자가 되어 무기력하고 비참한 삶을 살았던 겁니다.

> 사실 우리 아저씨 양반 대학교까지 졸업하고도 인제는 기껏 해먹을 게란 막벌이 노동밖에 없으니, 보통학교 사 년 겨우 다니고서도 시방 앞길이 환히 트인 내게다 대면 고쓰까이만도 못하지요.

'나'가 이처럼 아저씨를 조롱하는 것에서, 당시 고학력 실업 문제가 얼마나 심각했는지를 짐작할 수 있겠네요.

아주머니네 집은 왜 망했나요?

일곱 살에 부모를 잃은 '나'를 데려다가 학교도 보내 주고 하던 아주머니의 친정과 아들을 일본으로 유학 보낼 정도였던 시집은 왜 폭삭 망하게 되었을까요? 그 까닭은 일제가 강제적으로 실시한 토지 조사 사업, 산미 증식 계획 같은 것들 때문이에요.

일제는 1910년부터 1918년까지 토지 조사 사업을 해요. 이 때문에 농민들이 가지고 있던 농토와 공공기관에 속해 있던 토지, 마을 또는 집안이 가지고 있던 문중 토지 등이 조선총독부 소유가 되었어요. 물론 이 과정에서 많은 다툼이 일어났지만, 그 갈등은 일제에 유리한 쪽으로 해결되었어요. 조선총독부는 이렇게 빼앗은 땅을 동양척식주식회사를 비롯한 일본 회사나 일본인에게 헐값으로 팔아넘겼답니다.

그래서 토지 소유자나 수백만의 농민이 토지에 대한 권리를 빼앗겨 영세 소작농 또는 화전민이 되었어요. 그리고 식모살이를 하거나, 날품팔이나 인력거꾼 같은 노동자로 전락하게 되었답니다.

또한 일제는 산미 증식 계획을 세워 추진합니다. 산미 증식이란 쌀 생산을 늘리자는 거예요. 이 계획은 겉으로는 조선을 위한 것처럼 보이지만 그게 아니랍니다. 제1차 세계 대전 때 일본은 전쟁 물자를 팔아 큰 이익을 챙겼어요. 이때 일본의 많은 농민이 농촌을 떠나 군수

조선농민구원할
지름길

공장으로 가서 일하게 되지요. 그렇다 보니 농촌에서 농사지을 사람이 모자라 일시적으로 식량 부족 사태를 맞게 되었어요.

그래서 모자라는 쌀을 우리나라에서 가져갈 목적으로 종자도 개량하고, 저수지 등 수리 시설도 만들어 쌀 생산량을 늘릴 계획을 세운 거지요. 그러나 생산량이 조금 늘긴 했지만 계획에는 못 미쳤어요. 그럼에도 불구하고 늘어난 양보다 많은 양의 쌀을 일본으로 빼돌렸지요. 그렇다 보니 우리나라는 식량 부족으로 허덕일 수밖에 없었고, 살기 힘들어 고향을 떠나 떠돌아다니는 사람들이 늘어났답니다.

그리고 일제는 조선을 침략 전쟁의 기지로 삼았어요. 1937년 중일전쟁, 1941년 태평양전쟁을 일으키면서 우리나라를 일제의 침략 전쟁을 위한 기지로 이용하게 된 것이죠.

전쟁을 하려면 무기가 있어야 하고, 무기를 만들려면 돈이 있어야 해요. 그래서 일제의 수탈이 점점 심해집니다. 고철과 구리 제품을 강제로 모으고, 학교 철문이나 쇠 난간을 뜯고, 농기구뿐 아니라 가마솥까지 모조리 훑어 갔답니다. 심지어 놋그릇, 수저, 불상까지 가져갔어요. 산에서 소나무에 V자 홈이 파인 것을 본 적이 있나요? 이 역시 전쟁에서 비행기 연료로 쓰려고 송진을 채취한 흔적이랍니다.

이러한 일제의 여러 정책으로 인해 농촌의 노동력과 생산력은 급속히 줄어들었고, 경제적으로 큰 어려움이 없었던 민중의 삶도 더욱 어려워질 수밖에 없었던 것이랍니다.

게다가 아주머니네는 아저씨가 사회주의 운동을 했기 때문에 더 탄압을 받았을 거예요. 일제를 거부하는 사회주의 운동을 하였으니 일제가 곱게 보지 않았겠죠?

근대적 소유권 제도 확립

아저씨는 왜 바람을 피웠나요?

결혼하기에 가장 알맞은 나이는 몇 살일까요? 시대에 따라 다르겠지만, 요즘은 대학 교육이나 취업 같은 것들 때문에 결혼이 늦어지고 있어요. 그러면 일제 강점기에는 어땠을까요?

우리나라에는 전통적으로 일찍 결혼을 하는 '조혼 풍습'이 있었는데, 이 시대에도 그런 풍습이 남아 있었어요. 1920년대 이전에는 남자가 열다섯 살이 안 되어 결혼하는 것을 조혼으로 여겼으나, 열 살 전에 결혼하는 것도 그리 낯선 풍경이 아니었다고 하네요. 또 당시는 가문이나 부모가 결혼 상대자를 정해 주는 경우가 많았어요. 그러니까 결혼이 사랑의 결실이라기보다는, 위로는 조상을 받들고 아래로는 대를 이을 아들을 낳는 데 목적이 있었던 셈이죠.

그러나 아저씨처럼 신교육을 받은 청년들은 남녀가 자유의사에 따라 서로 호감을 느끼면 부모님 허락 없이도 결혼할 수 있다고 생각했답니다. 하지만 집안과 갈등이 많았겠죠? 그래서 당시에는 아들이 열여섯 살쯤 되면 부모님이 미리 정해 좋은 배우자와 결혼을 시키는 일이 많았다고 합니다. 이렇게 부모에 이끌려 억지 결혼을 한 청년의 말을 들어 볼까요?

"그는 이 몸이 스스로 즐겨서 취한 애처가 아니라 나의 부모가 홀로 합당하여 얻어 온 며느리이니 나의 부모에게 며느리 할 자격은 있어도 나에게 아내 할 자격은 없다."

사랑에 눈 뜨기도 전에 부모님에게 이끌려 결혼한 아내쯤이야 정이 없으니 무시해도 된다고 당당하게 이야기합니다. 그러면서 한편으론

공부하러 온 서울에서 신여성을 만나 연애하는 일이 많았답니다. 순종적이기만 한 고리타분한 아내보다는 대화가 통하고 자신의 이상에 맞는 신여성이 당연히 매력적이었겠지요. 그래서 시골에 있는 본처에게 이혼을 요구하는 경우가 많았어요. 하지만 현실의 벽에 부딪힐 때가 많았답니다. 그래서 결국 아내와의 이혼을 포기하고 소설 속 아저씨처럼 신여성과 함께 서울에서 살림을 차리는 이중생활을 하는 경우도 있었지요. 이런 신여성은 가정 있는 남자의 첩이 되는 셈이어서 '제이부인(第二婦人)'이라 불렀답니다.

'나'의 이야기를 들으면 아저씨는 바람이나 피는 나쁜 남자이고, 신여성은 좋을 때만 옆에 있는 첩쯤으로 여겨져요. 그렇지만 아저씨나 신여성이나 그리고 남편의 사랑을 받지 못하는 아주머니나 모두 조혼의 폐단에 희생된 사람들이라고 볼 수 있을 것 같아요.

조선인과 일본인의 결혼

1930년대 후반, 일제의 '내선일체' 정책으로 조선인과 일본인의 결혼인 '내선 결혼'이 크게 권장되었어요. 1938년부터 1943년까지 조선인-일본인 부부가 5000쌍이 넘었지요. 그 가운데 조선인 남편과 일본인 아내로 이루어진 부부가 73퍼센트였다고 해요. 하지만 이것은 조선만의 통계이고, 일본 본토까지 더하면 그 수는 더 많았을 거예요. 따라서 이 소설 속 '나'가 바라는 내선 결혼은 상점 주인이 중매를 서 준다면 그리 힘든 일이 아니었을 거예요.

내선 결혼은 개인 간의 사랑이라는 이름으로 포장되면서 내선일체의 한 방법으로 강조되었고, 이를 권장하기 위하여 1930~1940년대에 내선 결혼을 내용으로 하는 소설도 많이 쓰였어요. 그런데 내선 결혼에 대한 생각은 조선인과 일제가 서로 달랐답니다. 일제는 조선인을 계몽하여 완전한 일본인으로 만들고 조선을 영구적인 식민지로 만들기 위한 정책적 차원에서 내선 결혼을 권장했어요. 그와는 달리 조선인은 일본인처럼 잘살아 보고 차별을 받지 않으려고 내선 결혼을 바랐지요.

해방이 된 다음에 대부분의 일본인 처는 한국에 남았는데, 이들은 일본에 있는 가족과는 연락이 끊기고 한국인 남편에게는 버림을 받아서 매우 비참한 생활을 했다고 해요. 이러한 일본인 처도 어찌 보면 일제 때문에 희생된 사람들이라고 할 수 있겠네요.

내선일체

일본과 조선이 한 몸이라는 사상 또는 이론. 이때 '내'는 '내지'라는 뜻으로 일본을, '선'은 조선을 가리킨다. 일제가 내선일체를 주장한 목적은 조선인을 일본인으로 동화시키려는 데 있었다.

내선일체와 비슷한 개념으로 '일선융화(日鮮融和)'가 있다. 내선일체와 일선융화는 둘 다 일본과 조선을 하나로 합치자는 것이다. 하지만 엄밀하게 따지면 내선일체와 일선융화는 좀 다르다. 일선융화는 일본과 조선이 별개라는 전제에서 성립하는 개념이고, 내선일체는 일본과 조선이 처음부터 하나라는 전제에서 나온 개념이다.

아저씨는 왜 사회주의에 대해 설명하지 않나요?

아저씨는 어리석기 그지없는 '나'의 비난에 그저 "너두 딱한 사람이다." 하며 별 대꾸도 하지 않고 어물쩍 넘어가고 맙니다. 사회주의 운동을 하다 감옥까지 가고 잡지에 글도 쓰는 지식인의 태도로는 참 답답하지요? 이렇게 아저씨가 소극적인 태도를 보이는 까닭은 무엇일까요?

1929년에 일어난 대공황으로 전 세계 경제 상황이 아주 어려워져요. 주로 수출에 의존해 온 일본도 경제적으로 힘들어지지요. 게다가 정치적으로는 조선뿐만 아니라 중국 등에서도 민족 해방 운동이 활발해지면서 식민지 통치에도 큰 위협을 느끼게 된답니다.

일본은 이러한 정치, 경제 위기를 헤쳐 나가기 위해 대륙 침략에 나서 전쟁을 확대해 나가지요. 이를 위해 우리나라를 전쟁 및 군수 물자의 공급 기지로 이용해요. 이 때문에 농촌에서는 '공출'이라는 명목으로 1년 내내 농사지은 쌀을 강제로 빼앗겨 비참한 형편에 놓였어요. 또 광산 및 공장 등에서는 노동자들이 형편없이 낮은 임금으로 겨우 목숨만 부지하는 힘겨운 생활을 했어요.

하지만 이러한 부당한 착취와 민족 차별 앞에서도 우리 민족은 일제의 식민 통치에서 벗어나려는 의지가 더욱 강해졌습니다. 그래서 노동자와 농민들이 중심이 되어 생존권을 지키려는 적극적인 투쟁을 벌이게 되지요. 이에 불안을 느낀 일제는 조선인에 대한 감시와 탄압의 강도를 높여 언론, 출판, 집회, 결사 등의 활동을 못하게 합니다.

일제의 강압 통치는 문학 작품을 비롯한 예술 활동의 검열로 구체화되지요. 일제 식민지 정책에 맞서는 아저씨의 사회주의에 대한 소극적인 표현은 이러한 일제의 강압적 검열을 피하기 위한 것임을 알 수 있어요.

또한 작가 채만식 개인의 경향에서 비롯되었다고 볼 수 있어요. 채만식은 일제의 탄압과 검열하에서도 이 소설을 통해 친일적인 조카의 어리석음에 대한 날카로운 풍자를 보여 줍니다. 동시에 진보적인 사상을 가진 지식인을 긍정적 인물로 그려 놓고 있지요. 그러나 한편으로는 은근슬쩍 대답을 피하는 아저씨의 무기력한 모습을 통해 적극적인 개혁 의지를 드러내는 데는 한계를 보입니다. 이런 경향의 채만식을 동반자 작가로 분류하기도 한답니다.

대공황

1929년 10월 뉴욕 증권시장의 주가 대폭락을 계기로 1930년대에 불어닥친 세계적 불황을 말해요. 이 때문에 북아메리카와 유럽을 중심으로 전 세계 여러 나라가 경기 침체를 겪게 되지요. 그래서 프랑스, 영국, 독일, 미국 등 당시 주요 공업국의 생산 수준이 1908~1909년 수준까지 떨어졌어요. 또 공업국뿐만 아니라 농업국도 생산 부문 전체, 상업, 무역, 금융 등 경제 활동의 전 분야에 경기 후퇴 현상이 나타났어요.

동반자 작가

카프(KAPF, 사회주의 문학 단체) 구성원은 아니지만 그 이념에 뜻을 같이하는 작가들을 말해요. 즉, 문제의식은 함께 느끼지만 적극적으로 사회주의 이념을 문학 작품에 드러내지는 않지요.

3 작가의 생각을 읽다

아저씨와 '나'는 왜 사회주의를 다르게 생각하나요?

'사회주의'는 다수의 노동자가 주인이 되고, 생산한 것을 고루 나누어 갖는 경제 제도를 말해요. 다수의 평등을 중요시하는 제도라고 할 수 있지요.

일제 강점기에는 경제 제도가 제대로 마련되지 않아, 자본가를 중심으로 생산 활동이 이루어졌어요. 그러다 보니 자본가의 횡포가 매우 심했지요. 노동자들이 일한 대가조차 제대로 주지 않는 경우가 많았으니까요. 그러다 보니 노동자들은 먹고살기가 너무 어려웠고, 비참한 생활을 할 수밖에 없었어요. 공장에서 다치기라도 하면 치료도 받지 못한 채 쫓겨나기도 했답니다.

그래서 사회주의는 당시 비참한 생활을 하던 사람들에게 꿈같은 것으로 다가왔어요. 아무리 애를 써도 벗어날 길 없는 가난에서 해방되어, 모든 노동자가 두루 잘살 수 있는 사회를 만들자고 하니 말이에요. 희망도 없이 힘들게 살아가던 사람들에게 사회주의는 정말 달콤한 제도로 느껴졌어요. 그래서 사람들 사이로 아주 빠르게 퍼져 나갔지요.

당시 사회주의가 어느 정도로 거세게 일어났는지는 잡지 《혜성》에 실린 광고 문구를 통해서도 엿볼 수 있어요.

> 사회주의를 믿고 안 믿는 것도 딴 문제요, 사회주의가 실현되고 안 되는 것도 딴 문제이다. 다만 사회주의가 무엇인지는 알아야만 행세를 할 수 있는 것이 오늘의 형편이다.

일제 강점기에 공장이 생기고 산업화가 시작되면서, 먹고살기 위해 농촌에서 많은 사람들이 도시로 몰려와 노동자가 되었어요. 그러나 그들의 삶은 아주 비참했지요. 그리고 조선인 노동자는 조선에 와 있던 일본인 노동자보다 임금도 터무니없이 적게 받았을 뿐 아니라 여러 가지로 차별을 받았어요.

이러한 조국의 현실을 고민하던 일본 유학생들이 사회주의를 접하게 돼요. 그러면서 조선에 사회주의가 빠른 속도로 널리 퍼졌죠. 조선에서 사회주의 붐이 거세게 일어나자 일제는 이를 탄압하기 시작해요. 1926년 4월 조선총독부는 일본에서 공포된 '치안유지법'을 조선에서도 시행하여 사회주의 운동을 탄압합니다. 그 때문에 아저씨를 비롯한 많은 사람이 구속되었지요.

'나'는 다이쇼가 해 준 이야기를 듣고 '사회주의'는 불한당이라고 생각해요. 그렇다면 다이쇼는 왜 사회주의에 대해 그렇게 생각했을까요?

다이쇼는 조선에 와서 점원을 여럿 두고 가게를 하고 있어요. 그런 다이쇼의 입장에서 보면 노동자들에게 모든 재산을 평등하게 나누어 주어야 한다고 주장하는 사회주의는 당연히 나쁜 것, 배척해야 하는 것, 불한당 같은 것일 겁니다.

그리고 '나'는 일본인 다이쇼에게 잘 보여 십 년만 가게 점원 노릇을 하며 장사 밑천을 마련하고, 그걸 언덕 삼아 십만 원을 모으겠다는 꿈을 꾸고 있어요. 그런 '나'에게 개인이 부자가 되는 것을 막는 사회주의는 불한당이고, 또 자신에게 엄청난 위협이라고 생각했던 것입니다.

아저씨는 왜 아주머니에게 그렇게 당당한가요?

"고생을 낙으로, 그놈 쓰라린 맛을 씹고 씹고 하면서 그놈에서 단 맛을 알아내는 사람도 있느니라. 사람도 있는 게 아니라 사람마다 무슨 일에고 진정과 정신을 꼬박 거기다가만 쓰면 그렇게 되는 법이니라. 그러니까 그쯤 되면 그때는 고생이 낙이지. 네 아주머니만 두고 보더래도 고생이 고생이면서 고생이 아니고 고생하는 게 낙이란다."

'나'가 집안을 위해 아무 일도 하지 않고 아주머니를 고생만 시키는 아저씨의 태도를 마구 비난하자 아저씨는 위와 같은 말을 해요. 아저씨는 아주머니를 불쌍히 여기며 한편으로는 고마워하면서도 결국 아내의 희생을 당연하게 여깁니다. 이런 아저씨의 태도는 우리 사회에 뿌리 깊게 자리 잡고 있던 남성 중심적 사고에 바탕을 두고 있어요.

혹시 '삼종지도'라는 말을 들어 본 적이 있나요? '삼종지도'는 여자가 지켜야 할 도리를 말하는 거예요. 집에서는 아버지를, 시집가서는 남편을, 남편이 죽은 다음에는 아들을 따라야 한다는 것이죠. 이는 언제나 여성을 남성의 지배 아래 놓으려는 남성 중심 사회의 대표적

예라 할 수 있습니다.

그런데 일제 강점기에는 남성들이 가정을 돌보기 힘든 경우가 많았어요. 항일 운동을 하는 사람들은 집을 떠나 살면서 목숨이 위태로웠고, 현실에 적응하지 못하고 무기력한 실업자로 전락한 사람들도 꽤 있었으니까요. 남성은 이렇게 가정을 돌볼 수 없을 때조차 대접을 받았어요. 하지만 여성들은 시대가 만들어 낸 남성들의 고달픔을 대신 치러 내요. 남편을 대신해 생계를 꾸려 나가면서 말이죠. 이것이 여성들의 '바깥' 활동이 크게 늘어나는 까닭입니다. 아주머니가 식모살이를 하며 어렵게 아저씨를 보살피는 것처럼 말이죠.

아저씨는 평등한 사회를 추구하는 사회주의자였으면서도 정작 남성 중심적 사고에서 벗어나지는 못하고 있어요. 자신이 사회주의 이상을 실현하기 위해 고생하는 것과 아내가 자신을 위해 고생하는 것이 다르지 않다고 생각하고 있는 겁니다. 당시 식민지 상황에서 나라를 위해 큰일을 한다는 생각이, 아저씨가 그처럼 당당하게 아주머니의 희생을 요구하게 만들었던 바탕이 아닐까요?

'나'는 왜 아저씨를 미워하나요?

> 사람 속 차릴 여망 없어요. 그저 어데루 대나 손톱만치도 쓸모는 없고 남한테 사폐만 끼치고 세상에 해독만 끼칠 사람이니, 머 하루바삐 죽어야 해요. 죽어야 하고 또 죽어서 마땅해요. 그런데 글쎄 죽지를 않고 꼼지락꼼지락 도루 살아나니 성화라구는, 내…….

'나'는 아저씨를 어리석은 바보라고 생각해요. 더 나아가 소설 마지막에 이르러서는 '세상에 해독만 끼쳐 하루바삐 죽어야 하는 사람'이라고 대놓고 악담을 퍼붓습니다.

'나'는 왜 아저씨를 그토록 미워하는 걸까요?

아주머니 집안 사람들은 부모를 잃은 '나'를 거두어 키워 주신 고마운 분들이에요. 그런데 아주머니 남편인 아저씨는 그런 고맙고 얌전한 아주머니를 고생만 시킵니다. 거의 죽어 가던 아저씨를 위해 희생한 아주머니의 은공에 보답을 하는 게 사람 도리인데도 말이에요. 그러나 아저씨는 "고생을 낙으로 여기는 사람도 있다."라는 말로 얼버무립니다. 가장으로서 아주머니를 먹여 살릴 생각은 하지 않고 있으니 '나'로서는 그런 아저씨가 참으로 답답하고 한심한 사람으로 보일 수밖에 없지요.

글쎄 그 미쳐 살 마 같은 놈들이 세상 망쳐 버릴 사회주의를 하려
드니 내야 소름이 끼칠 게 아니라구요? 말만 들어도 끔찍하지!
세상이 망해서 뒤집히면 그래 나는 어쩌란 말이야? 아무것도 다
허사가 될 테니 그런 억울할 데가 있더람?

'나'는 아저씨가 하는 사회주의를 무척 싫어해요. 왜냐하면 사회주의를 제대로 알지 못하기 때문이지요. '나'는 사회주의가 "저어 서양 어디선가 일하기 싫어하는 게으름뱅이 몇 놈이 양지짝에 모여 앉아서 놀고먹을 궁리" 끝에 생겼다는 다이쇼의 말을 그대로 믿고 받아들이고 있어요. 사회와 역사에 대한 지식도 없이, 단순히 사회주의가 자신이 계획하고 있는 삶과 이상을 송두리째 빼앗아 갈 것으로만 생각하죠. 그런 사회주의 운동을 다른 사람도 아닌 아저씨가 하고 있으니 미움을 넘어 죽어 마땅한 대상이라고 생각하는 거랍니다.

그러나 웬걸, 읽어 먹을 재주가 있나요.
글자는 아주 어려운 자만 아니면 대강 알기는 하겠는데, 붙여 보아야 대체 무슨 뜻인지를 알 수가 있어야지요!
속이 상하길래 읽어 보자던 건 작파하고서 아저씨를 좀 따잡고 몰아셀 양으로 그 대목을 차악 펴 놓았지요.

'나'가 잡지에 실린 아저씨 글을 읽다가 제대로 읽을 수 없어 노여움을 느끼는 부분입니다.

'나'는 보통학교를 다니다가 점원으로 일하면서, 삶의 계획을 차근

차근 세우고 돈을 모아 가는 앞날이 창창한 젊은이예요. 그러나 아저씨는 사회주의를 하다가 전과자가 되고, 이제 할 수 있는 일이라곤 막벌이 노동뿐이죠. 그래서 '나'는 대학을 졸업한 아저씨보다도 오히려 더 잘 살아가고 있다는 생각을 가지고 있어요.

그런데 세상을 잘 살아가지 못하는 아저씨가 읽지도 알아보지도 못하는 글을 잡지에 쓴 걸 보며, '나'는 자신도 모르게 속이 상합니다. 더 배웠더라면 더 빨리 성공했을 텐데 그러지 못해 속이 상한 거죠. 아저씨보다 더 뛰어나다고 생각했던 자신이 아저씨보다 못할지도 모른다는 마음 밑바닥의 열등감이 불쑥 드러난 거예요. 그러니 아저씨에 대한 미움이 더욱 커져 갈밖에요.

화자의 태도는 어떤가요?

이 소설에서 우리에게 이야기를 들려주는 사람은 '나'예요. '나'가 화자인 거죠. 그럼 '나'의 이야기에 나오는 사람은 누구인가요? 바로 '아저씨'와 '아주머니'입니다. 우리는 '나'에 대해 아무것도 모릅니다. 그런데 '나'는 마치 우리를 알고 있는 것처럼 친근하게 아저씨, 아주머니, 그리고 자기의 구구절절한 이야기를 늘어놓아요.

> 우리 아저씨 말이지요? 아따 저 거시키, 한참 당년에 무엇이냐 그놈의 것 머? 사회주의라더냐 막걸리라더냐, 그걸 하다가 징역 살고 나와서 폐병으로 시방 앓아누웠는 우리 오촌 고모부 그 양반…….
> 머 말두 마시오. 대체 사람이 어쩌면 글쎄…….
> 내 원!

어떤가요? '나'가 우리 바로 곁에서 말하는 것 같지요? 그 까닭은 '나'의 말투 때문입니다. 여러분은 '안녕하십니까?'와 '안녕하세요?' 가운데 어떤 표현이 정겹게 느껴지나요? '안녕하십니까?'보다는 '안녕하세요?'가 더 친근한 느낌일 거예요.

이 소설에서 '나'의 말투가 그래요. '나'는 우리에게 '~해요'라는 말투를 쓰면서 이야기를 들려주고 있어요. 간혹 '나'는 우리가 이야기를 잘 듣고 있는지 확인하는 듯한 질문을 던지기도 합니다. 우리가 곁에 있는 것처럼요. 또 '아따 저 거시기, 머, 글쎄, 원, 아, 아니'와 같은 표현을 합니다. 이런 표현은 말하기 상황에서 흐름을 부드럽게 하거나 듣는 사람의 관심이 다른 곳으로 가지 않도록 하는 표현이에요. '말두 마시오.'라는 표현도 한번 보세요. 우리가 '나'의 이야기에 끼어들까 봐 미리 막는 듯해요. '나'는 '내가 하는 말만 잘 들으시오.'라며 우리가 그의 이야기에 귀를 기울이도록 하는 거예요. 그러다 보니 우리는 '나'가 바로 곁에서 이야기를 들려주는 것 같다고 느끼는 거죠.

또 '나'가 이야기를 풀어 가는 방식을 보세요. 처음에는 서술을 통해 아저씨에 대한 자기 생각을 말해 줘요. 중간 부분부터는 대화를 통해 아저씨와 '나'란 인물을 보여 주죠.

> "다를 게 무어요? 경제는 돈 모으는 것이고 그러니까 경제학이면 돈 모으는 학문이지요."
>
> "아니다. 혹시 이재학(理財學)이라면 돈 모으는 학문이라고 해도 근리(近理)할지 모르지만 경제학은 그런 게 아니다."
>
> "아저씨가 대학교까지 다니면서 경제 공부를 하구두 왜 돈을 못

모으나 했더니 인제 보니깐 공부를 잘못해서 그랬군요!"

어때요? 바로 눈앞에서 벌어지고 있는 듯 아주 생생하게 느껴지지 않나요? 아저씨와 '나'의 대화 상황 속에 함께 있는 것처럼 말이죠.

'나'의 서술만으로 진행되던 이야기를 '대화'로 바꾼 것은, 독자가 이야기에 몰입할 수 있도록 하려는 작가의 의도예요. '나'의 일방적인 이야기를 듣고 있던 독자가 지루해지지 않도록 하기 위한 장치라고 볼 수 있죠.

이처럼 화자인 '나'는 독자인 '우리'를 끊임없이 의식하면서 이야기를 펼쳐 나가고 있어요.

작가가 풍자하는 대상은 누구인가요?

1. 〈치숙〉의 이야기 전개 방법이 독특해요.

우리 사회에 부정부패 같은 문제들이 많다면 짜증 나잖아요.
그런 대상을 조롱한다면?

읽는 사람들은 웃음을
터트리기도 하고

가려운 곳을 시원하게
긁어 주는 느낌을
받기도 하지요.

반면, 그런 부정을 저지른
사람들은 뜨끔하겠지요.

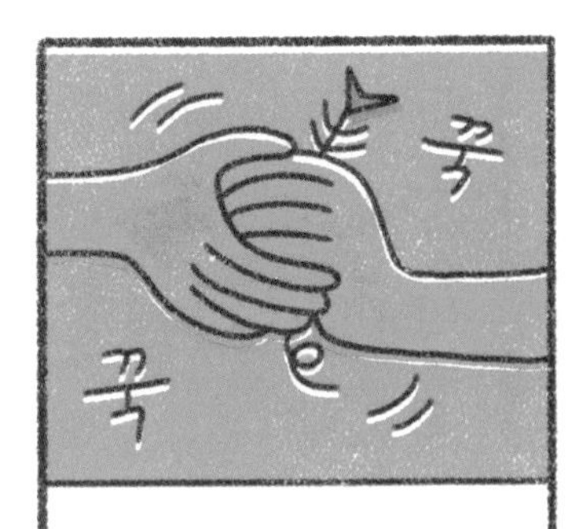

2. 〈치숙〉에서 풍자하는 대상은 누구?

'나' 씨는 좀 문제가 있네요.
나라도 민족도 없이 자기 이익만
추구하며 산다는 계획은 좀…….
그게 어때서요? 일본이 우리나라를 다스리니까 일본에 충성해야지요. 일본인처럼 살아야 하구요.

아저씨는 어떤가요?
음…… 긍정적인
인물인 거 같아요.

나라와 민족이 수난을 당하고 있는 이 시대에 개인적인 이익을 추구하기보다는 올바른 사회를 만들기 위해 노력하셨으니까요.
감옥까지 갔다 오셨잖아요.

그렇군요. 의견 감사합니다.
그런데 이상한 것이 있네요.
'나'처럼 문제가 많은 인물이
긍정적 인물인 아저씨를
비판하는 게 말예요.

아, 그건 일부러
의도한 거예요.
여러분이
소설 속 인물을
이해하고자
할 때,

'나' 같은 화자의 말은
좀 의심하면서
들여다봐야 해요.
나?

3. 그게 바로 풍자인 건가요?

앞에서는 '나'가
무능력하고 무책임한
아저씨를 비난하죠.

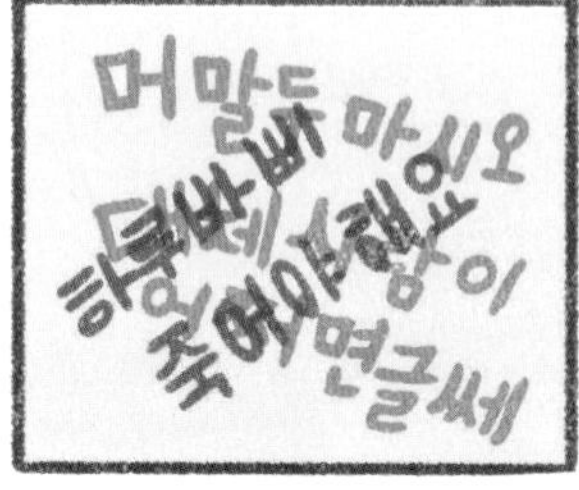

뒤에서는 '아저씨'가
'나'의 무지와 일제 강점기
소시민적 가치관을 비판해요.

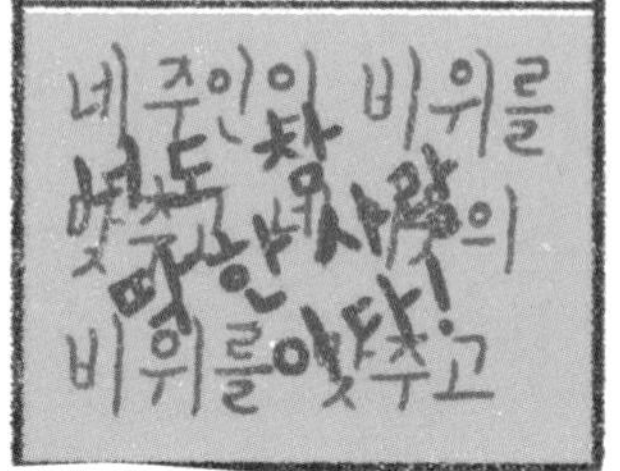

겉으로는 아저씨를
비판하는 것 같지만

뒤에 가서는 '아저씨'를 비판하는 '나'의 문제를
작가인 내가 비판하는 걸로 뒤집어 버리는 거예요.

결국 이 소설의 풍자성은
이중화되어 있다고 볼 수 있지요.

일제의 우민화 정책
때문에 나라도 민족도
상관없는 '나' 같은
사람들이 계속 늘어난다면
나라에 희망이 없을 것
같네요.

4. 남편에 대해 한 말씀 한다면?

아…… 저…… 한마디로

무능력자지요. 생활인
으로서…… 제가 많이
희생한다는……

글을 써서 잡지에 발표
하기는 하지만…… 가정은
전혀 돌보질 않으니까요.

그래도 어쩌겠어요.
지아비를 섬기는 게
도리니까…….

근데 이거 얼굴
진짜 안 나가…….

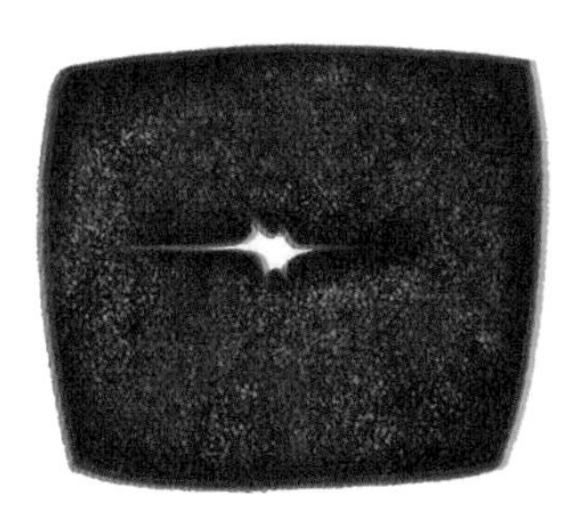

어떻게 생각하십니까?

일을 하지 않고 빈둥거리는 것은
나 개인만의 문제가 아니라오.

나처럼 많이 배운 지식인들이
실업자로 살 수밖에 없는
현 사회에 문제가 있단 말이오.

맞습니다.
일제 강점기 우리
사회가 지닌 문제를
살짝 돌려서
꼬집은 거죠.

추욱

5. 그냥 드러내 놓고 표현할 수는 없었나요?

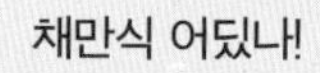

6. 마지막으로 한 말씀 한다면?

누가 주인공일까?

'아저씨'가 주인공이에요

이 소설 제목인 '치숙'은 '어리석은 아저씨'라는 뜻으로, 조카인 '나'의 눈에 비친 아저씨를 그리고 있어요. '나'는 소설 속 화자로, 자기 눈에 한없이 어리석고 쓸모없어 보이는 아저씨를 관찰한 바를 이야기해요. '나'는 자기 이야기를 하기보다는 아저씨를 관찰하면서 비난하고 경멸하는 구실을 하지요. 즉, 화자인 '나'의 설명을 통해 아저씨의 무능력과 무책임을 비난하는 것이 겉으로 드러난 풍자인데, 이런 측면에서 볼 때 주인공은 '아저씨'가 되는 거예요.

'나'가 주인공이에요

'나'가 아저씨를 험담하고 비난하는 이야기를 듣고 있던 독자는 여러 상황을 종합해 봅니다. 아저씨는 개인적인 불이익을 감수하면서 현실에 대항하는 긍정적인 인물이에요. 그에 비해 '나'는 일본인 밑에서 만족을 느끼며 현실과 타협하며 살아가는 부정적인 인물이에요. 그래서 아저씨를 비난하는 '나'는 독자에게 비판을 받게 됩니다. 즉, '나'의 무지와 왜곡된 소시민적 가치관을 조롱하는 것이 작가가 숨겨 둔 풍자인데, 이렇게 보면 주인공은 '나'가 되지요.

'나'가 아저씨를 관찰하고 비판하는 관점에서 보면 '아저씨'가 주인공입니다. 반면, 이야기를 통해 드러나는 '나'의 삶의 방식이나 어리석은 가치관을 풍자하는 관점에서 보면 '나'가 주인공일 수 있습니다.

넓게 읽기

작품 밖 세상 들여다보기

시대

작가

작품

독자

작가 이야기

채만식의 생애와 작품 연보, 작가 더 알아보기

시대 이야기

1935~1940년

엮어 읽기

〈치숙〉에 담긴 여러 요소들

다시 읽기

일본이 패망한 다음 '나'는 어떻게 되었을까요?

독자 이야기

모방하는 글짓기

작가 이야기

채만식의 생애와 작품 연보

1902(7월 21일) 전라북도 옥구군 임피면에서, 6남 3녀 중 다섯째 아들로 태어남.

1920(19세) 중앙고등보통학교 2학년 때 부모님의 강요로 한 살 많은 은선홍과 결혼함.

1922(21세) 중앙고등보통학교 졸업 후, 일본 와세다대학 부속 제일와세다고등학원 문과에 입학함.

1923(22세) 집안 형편이 어려워져 학업을 그만두고 귀국함.
강화의 사립학교 교원으로 지내다가 곧 《동아일보》 학예부 기자로 입사함.
첫 작품 〈과도기〉를 씀.

1924(23세) 단편 〈세 길로〉가 《조선문단》 12월호에 게재되면서 등단함.

1926(25세) 《개벽》 편집기자가 됨.

1929(28세) 《별건곤》에 단편 〈산적〉을 발표하면서 본격적인 작품 활동을 시작함.

1933(32세) 《조선일보》에 장편 〈인형의 집을 나와서〉를 연재함.
단편 〈팔려 간 몸〉, 〈애달픈 죽음〉 등과 수필 〈길거리에서 만난 여자〉 등을 발표함.
조선일보사에 입사함.

1934(33세) 《신동아》에 〈레디 메이드 인생〉을 연재함.

1936(35세) 기자 생활을 그만두고 개성으로 가서 창작에 몰두함.
단편 〈명일〉, 〈제1장 제1과〉 등을 발표함.

1937(36세) 《조선일보》에 장편 〈탁류〉를 연재함.
단편 〈젖〉, 〈얼어 죽은 모나리자상〉, 〈생명〉 등을 발표함.

1938(37세) 장편 〈천하태평춘〉을 《조광》에 연재함. 이 작품은 1948년 두 번째 단행본으로 간행될 때 '태평천하'로 제목을 바꿈.
단편 〈치숙〉을 《동아일보》에 연재함.
〈동화〉, 〈병이 낫거든〉 외 다수의 단편을 발표함.

1939(38세) 《탁류》와 《채만식 단편집》이 출간됨.

1940(39세) 일제의 회유와 위협에 의해 일제의 만주 침략 과정을 미화한 친일 작품들을 발표함.

1943(42세) 《조광》에 장편 〈어머니〉를 연재함.
단편집 《집》이 출간됨.

1945(44세) 고향인 임피로 이사함.
아버지가 돌아가시고 이어 장남이 병으로 죽음.

1946(45세) 단편 〈미스터 방〉, 〈논 이야기〉를 발표함.

1948(47세) 친일 작품을 썼던 자신을 자책하는 자전적 성격의 소설 〈민족의 죄인〉을 발표함.
장편 《태평천하》를 출간함.

1950(49세) 한국전쟁이 일어나기 2주일 전인 1950년 6월 11일 숙환인 폐결핵으로 세상을 떠남.
등단 후 30여 년 동안, 미완성 소설 〈소〉를 비롯하여 소설 87편, 희곡 28편, 산문, 평론, 수필 등 총 345편의 작품을 남김.

작가 더 알아보기

성장기의 가정환경

채만식이 태어나 자란 곳은 금강 근처로, 우리나라에서 대표적인 쌀 농사 지대예요. 비옥한 농업 지대였던 까닭에 일제 강점기에는 어느 곳보다 먼저, 그리고 심하게 일제의 수탈에 시달렸지요.

그의 집안은 대대로 임피에서 살아왔어요. 족보에 따르면, 그의 집안은 조부 대에 이르기 전까지 양반에 속했으나 근대로 들어서는 시기에 몰락했어요. 그의 아버지가 근검절약하여 재산을 불려 많은 토지를 가진 농촌 지주가 되기는 했으나, 얼마 못 가 가세가 다시 기울었어요. 일제의 수탈, 또 30여 명이나 되는 식구를 거느리고 자식들 고등교육까지 시킨 일로 생긴 경제적 부담이 큰 원인이었지요.

채만식의 형제들은 고등교육까지 받았으나 대부분 근대화 과정에 잘 적응하지 못했어요. 그래서 교육의 혜택을 부의 축적으로 연결시키지 못했답니다. 유달리 교육열이 높았던 그의 아버지는 가세가 기울어 가는 중에도 집 안에 독서당을 두고 채만식을 가르쳤다고 해요. 이 때문에 채만식은 일찍부터 한문으로 대변되는 구시대의 논리를 습득할 수 있었지요. 이러한 경험은 그의 문학 세계 형성에 영향을 주었어요. 또한 교육을 위해 서울과 도쿄에서 신학문을 한 것도 그의 의식 형성에 큰 영향을 미쳤답니다.

두 번의 결혼 생활

채만식은 열아홉 살에 부모님의 강요로 결혼을 하게 돼요. 그의 표현대로 "뭣도 모르고 장가를 들게" 된 것이지요. 하지만 애정이 없는 결혼이었던 만큼 부부 생활이 평탄하지 못했어요. 부인과의 사이에 3남매가 있었지만 거의 만나지 않고 지냈다고 하네요. 채만식은 오랜 기간 서울에서 혼자 하숙집을 전전하는 등 실질적으로 이혼 상태에 있었대요.

한편, 그는 1936년 서른다섯 살 때 열여섯 살 연하인 신여성 김씨영을 데리고 형 집으로 들어가 살았어요. 조혼이라는 결혼 제도에 대한 거부 방식으로 거의 독신 생활을 하던 그가 새로운 가정을 꾸려 전통적인 대가족 제도의 울타리 속으로 들어간 것이지요. 김씨영과는 죽을 때까지 같이 살았는데 슬하에 3남매를 두었답니다.

지독했던 가난

채만식은 돈은 없었지만 감색 상의에 회색 바지를 깨끗이 입고 모자까지 쓰고 다녀 '불란서 백작'으로 불렸어요. 하지만 임종 직전에 아들에게 남긴 말을 통해 그가 얼마나 가난했었는지를 짐작해 볼 수 있어요.

> 외투, 동복, 두 벌의 춘추복은 사후에나마 생색이 있도록 팔아서 장비와 생활 기반을 만드는 비용으로 쓰도록 해라. 작년에 이것들을 팔아서 마이신(스트렙토마이신)을 맞고자 하는 생각을 했었지만 미련으로 결행하지 못했던 것인데, 만일 그때 팔아서 마이신 한

20~30병이라도 맞았더라면 병이 이렇도록 급히 악화되어 오늘의 이 지경에 이르지 아니하였을지도 몰랐다고 생각하면 기가 막히는 몇 벌의 양복이다.

워낙 들꽃을 좋아했던 그는 "내가 죽거들랑 보통 상여를 쓰지 말 것이며 화장을 하되 널 위에 누이고 그 위에 들꽃을 가득 덮은 후 활활 태워 주오."라는 유언을 남겼어요. 죽어서까지 남이 쓴 상여에 실려 가기를 거부했던 결벽증 때문이었을까? 그는 원고지 대신, 유언대로 들꽃에 가득 덮여 화장되어 생가 근처 숲속에 고이 묻혔습니다.

결벽하고 부정을 참지 못했던 채만식

– 채만식 사망 후 이무영이 쓴 글

아무런 연락도 없이 채형이 나를 찾아 준 것은 아마 1939년인가 1940년 봄이었을 것이다. 바위처럼 고독하게 살고 있던 내게 가장 기쁜 것이 친구의 내방이었다. 개가 요란히 짖어 내다보니 싸리삽짝 밖에 모던보이처럼 모자를 슬쩍 젖혀 쓴 채형이 손을 번쩍 든다.

"이 개 물지 않소?"

"왜 안 물어. 조심하라고."

채형이 개를 무서워하는 줄 아는지라 일부러 이렇게 대답을 했더니 채형은 눈이 둥그레진다.

"그래? 그럼 붙들어 매. 난 개하고 무식한 사람하고가 제일 무서우니까. 대체로 경우가 없단 말이야."

"괜찮아. 이 개는 영국 명문 출신이라서 무식하지도 않고 경우도 밝다오."

이런 농담을 하면서 채형을 맞아 하루를 같이 보냈었다.

채형이 그렇게나 정열을 쏟던 금광에서 실패를 하고 삼 형제의 십여 명 가족을 부양해야 할 무거운 짐을 그 약한 몸이 졌을 때다. 몇 푼 안 되는 원고료도 백씨가 하는 금광에 투자했었다. 그 금광이 실패를 하자 채형은 몸과 마음이 모두 파리해진 느낌이었다. 시골 부동산을 정리해서 300원을 꾸려 가지고 안양 천변에다 여섯 칸짜리 초가집을 장만했다는 것이다. 갑자기 이사를 해 놓으니 배급 통장이 옮겨지지 않아서 양식이 떨어졌던 모양이었다. 돈 아니라 금을 주어도 서울은 물론 시골서도 쌀 한 톨 구할 수 없던 시절이다. 마침 또 보릿고개이기도 했었다. 쌀밥을 대하더니 채형은 눈물이 다 글썽할 정도로 심약해 있었다.

"도스토예프스키가 굶어 죽었다고 하지 않소? 그가 굶어 죽었다는 것이 우리한테는 커다란 위안이었지. 도스토예프스키 같은 작가가 굶어 죽었는데 우리가 굶어 죽는 것은 당연한 이야기라고 그랬더니, 요전 그 부인이 쓴 전기를 보니까 도스토예프스키 한 사람이 소설을 쓰기 위해서 집사, 가정부, 비서, 식모, 그리고 부인이 딸렸습디다. 기분이 안 나면 휙 외국 여행을 떠나서 호텔에 방을 셋씩 잡고 거기서 기분이 안 나면 또 호반을 찾아가고. 그런 것을 굶어 죽었다고 한다면 대체로 우린 어떻게 해석해야 하지? 응, 무영?"

술을 못하면서도 연신 나의 잔에 막걸리를 따라 주며 이렇게 비분 강개해 하던 것이다. 문학 이야기도 나왔고, 작가들 이야기도 했다. 채형을 골려먹은 출판사 이야기도 나왔다. 평소에도 그랬지만 그날은 더욱이 극도의 비관론자였다. 건강에 대해서도 몹시 근심하는 말투여서, "채형은 좀 더 대범해질 필요가 있어." 이렇게 권하려니까, 그럼 천치가 되라는 말이냐고 사뭇 대들었었다.

작품에 대해서도 채형만큼 결벽인 작품도 없지만, 일상생활도 그러했다. 심한 예로는 손님으로 왔건만 그 상에 놓인 수저를 반드시 자기 주머니에서 꺼낸 종이로 씻던 것이다. 이러한 그의 결벽이 결국 그의 건강을 해치고 있었다. 지나치게 귀족적인 그의 성격이 대부분의 문우들과 함께 섞이지 않았고, 그래서 또 고독했고 그것이 그의 건강을 해친 원인이기도 했다.

그날의 이야기도 자기 눈에 거슬리는 모든 사람에 대한 불만이 대부분이었다. 왜정에 대한 불평불만, 마뜩치 않은 관리, 출판사, 친구의 조그만 부정에 대해서도 참지 못하는 그의 성격이 건강을 해친다고 내가 몇 번이나 되풀이해도, 그는 그런 데 눈을 감고 사느니보다 차라리 죽겠노라 했다. 술을 좀 먹어 보라고 권해도 보았다. 그러나 생리적으로 받지는 않는다는 것이다.

"하긴 나도 술이나 할 줄 알았으면 순간이나마 잊을 수 있을 것 같아. 헌데 그놈의 술을 목이 받지 않거든. 난 폐가 좀 약하거든. 폐에는 술이 나쁘지 않대. 그런데 그놈의 술이……."

서양 무렵이나 되어서 보리쌀 한 말에 쌀 닷 되를 둘이서 작대기에

꼬여 들고 십 리나 되는 역에까지 나오면서도 채형은 건강에 대해서 자신이 없다는 말을 몇 번이나 되풀이했었다. 지금이니까 이런 이야기도 쓸 수 있지만, 사실 그때 채형이 너무도 자신을 잃은 것을 보고 은근히 그가 단명할 것을 예상했었다.

역에서 차를 태워 보내고 나니 친구를 영겁의 길로 떠나보낸 것 같은 슬픔에 나는 주막집에 들러서 만취가 되도록 술을 마셨었다. 집에 돌아와서 취중에도 "채만식 그치 일찍 죽겠어!" 이런 소리를 되풀이했다고 이튿날 아내가 말해 주었다.

가련한 죄악을 보고

청춘남녀들의 연애에 대한 오해와 그로 인해 발생되는 죄악이야말로 용서할 수 없는 악행이라고 아니 할 수 없다. 오늘 모 전문학교 3학년이나 되는 자가 남에게 아기까지 베게 해 놓고 다른 여자와 공연히 결혼식을 하였다 하니 이러한 행동을 하는 자가 무슨 체면으로 사회와 가정에서 자기의 인격을 운운할 수 있으랴. 이러한 사실이 결코 금번에만 있는 것이 아니라 이전에도 없지 않았고 이후에도 있을 터이니, 자유연애라는 것이 만일에 이와 같이 경박한 자유에 의하여 악용되며 유린되는 것은 결코 용납할 수 없는 일이다.
자유연애를 표방하고 교제하는 청춘남녀들아, 여러분의 행동이 과연 자유의 정신과 본뜻에 맞는 행동인가를 다시 한 번 생각해 볼 필요가 있는 줄 안다. 물론 전부가 그런 것은 아니지만, 자기 주관적으로는 아무리 정당하다고 믿는 일이라도 이것에 대하여 좀 더 신중한 태도를 가지기를 바란다. 그렇지 않으면 자유라는 신성하고 거룩한 이름을 더럽히는 행동에 타락될 염려가 있는 까닭이다.

기부금을 착취하는 세태

함남 고원군청에서는 청사를 새로 지을 계획을 세우고 그 비용의 일부를 일반 백성에게서 모으기로 하였다. 일부는 고사하고 원래 전체가 백성에게서 걷은 세금으로 써 가는 것이지만, 이번에 일부분은 '세금'이란 것이 아니고 '기부금'이라는 것이다. 기부금이란 원래 희사금이나 동정금과 같이 기뻐서 주는 돈이다. 주고 싶어서 내는 돈이다.
"많지 못한 돈이지만은 보태 쓰십시오." 하고 내어 놓으면 "참 감사합니다. 많이 도와주십시오." 하고 주고받는 돈이 기부금이다. 그런데 고원군청에서 받는 기부금은 같은 기부금이지만 내용이 다르다. "돈 낼 테냐, 안 낼 테냐?" 하고 강도질까지는 안 하는 모양이나 내기 싫은 돈을 억지로 받으려 하며 내기 어려운 돈을 강제로 모으려 한다. "여보 기부금 내시오. 왜 기부금 안 낸단 말이오?" 하고 모집하는 기부금은 고원군청뿐만이 아니다. '양두구육'을 파는 따위와 같은 종류의 사업가들의 기부금 모집은 대개 이런 종류의 기부금이다. 이것은 기부금이 아니라 착취금이다.

문맹 타파의 횃불

고상한 학문과 해박한 지식은 그만두더라도 쉬운 글자나마 알아보아야 되겠다. 조선문으로 편지 한 장 쓰지 못하고 심지어 상점의 간판 이름도 몰라본다는 것은 얼마나 답답하고 기막힌 노릇인가? 이와 같은 동포가 우리 조선에는 얼마나 많은가? 어찌하면 우리는 하루바삐 이 무식의 지옥에서 벗어날까, 어찌하면 이 글장님의 눈을 한시바삐 뜨게 해 볼까. 이에 우리는 글장님 없애는 운동을 일으키고자 한다. 전 조선 방방곡곡에 문맹 타파의 횃불을 높이 들까 한다. 방법이나 기타 자세한 것은 추후 발표하려니와 만천하에 마음 있는 이는 뜻 깊은 이 운동에 열렬한 찬조를 바라는 바이다.

종로경찰서에서 자살 소동

당대 서울 장안에서 손꼽히던 부호의 호화도 깨어진 꿈, 이제는 거리에서 새우잠을 자는 룸펜으로서 범죄 혐의까지 쓰게 되어 극도의 비관 끝에 유치장에서 자살을 도모한 사람이 있다. 그는 지난번 연말 단속을 앞두고 거리의 정결을 목표로 경성 시내 각 경찰서에서 행한 일제 검색의 그물에 걸려 종로경찰서에 갇힌 김씨(34세)로서, 그날 밤 10시 유치장 안에서 자기 옷을 찢어 노끈처럼 꼬아 목을 매고 기절한 것을 간수가 발견하고는 응급 구호하여 목숨은 살려 놓은 것이다. 김씨는 서울 장안에서 손꼽을 정도의 부호였는데, 아편을 하여 그만 그 많던 가산을 탕진하고 가족과도 헤어져 이제는 거리를 돌아다니며 쓰레기통을 뒤지는 신세가 된 것이다. 절도 혐의로 붙잡히자 자기 장래에 아무런 광명이 없음을 비관하고 죽으려고 든 것이라고 한다.

불온한 미행

일본의 한 순사는 사회주의자의 꽁무니를 어찌도 지긋지긋하게 따라다녔던지 마침내 사회주의자에게 감화를 받아 사회주의자가 되고 말았다. 그래서 이번 악기 쟁의에서 제일 앞에 나선 두령이 되었다 한다. '미행'도 이래서는 불온 이상의 불온이니 '금지'를 단골로 쓰는 조선 경찰에서 미행 금지도 해 보는 것이 어떨는지?

엮어 읽기

〈치숙〉에 담긴 여러 요소

1. 풍자 정신이 돋보이는 채만식의 또 다른 소설, 〈태평천하〉

〈태평천하〉의 풍자 대상인 윤직원 영감을 살펴보면, 〈치숙〉의 '나'와 매우 비슷해요. 윤직원은 식민지 체제에 아무런 불만이나 불평을 늘어놓을 이유가 없어요. 그는 일제의 서슬이 시퍼렇던 1920년대에 만석지기의 부호 반열에 올라선 대지주거든요. 그는 '조선 말 사회 변혁기를 교묘히 이용하여 고리대금이나 소작 빈농을 상대로 벼를 꾸어 주고 이자를 배 이상 받아 내는 방법'으로 돈을 끌어모았어요. 그 과정에서 아버지를 잃는 등 사연이 없었던 것은 아니지만, 앞으로 세상이 금권만능으로 치달을 것을 재빨리 알아채고 오로지 돈 모으는 것만을 최고의 가치로 여기고 살아온 인물이지요.

"자아 보소, 관리하며 순사를 우리 조선으로 많이 내보내서, 그 흉악한 불한당 놈들을 말끔 소탕시켜 주고, 그래서 양민들이 그 덕에 편히 살지를 않는가! 그리고 또 이번에 그런 전쟁을 하여서 그 못된 놈의 사회주의를 막아 내 주니, 원 그렇게 고맙고 그렇게 장할 데가 어디

있단 말인가. …… 어 참, 끔찍이도 고맙고 장한 노릇이네……! 게 여보소, 이번 싸움에 일본이 틀림없이 이기기는 이기겠지?"

"그야 여부없죠! 일본이 이기구말구요!"

"그럴 것이네. 일본이 부국강병하기로 천하제일이라는데……. 어 참, 속이 다 후련하다."

어때요? 윤직원 영감의 가치관과 현실 대응 방식이 〈치숙〉의 '나'와 아주 비슷하지요?

윤직원 영감은 자신의 재산을 지켜 나가고 그 재산을 이용하여 가족이 부귀영화를 누려야겠다는 것만 생각한 나머지, 현실적으로 자기 재산이 더 늘어나고 보호받고 있는 일제 강점기를 '태평천하'로 생각해요. 일제 강점기에 민중들은 살기 힘들었지만 윤직원 같은 대지주들은 그렇지 않았죠. 일제의 보호 아래 매우 '태평한' 세월을 보낼 수 있었거든요.

그래서 윤직원은 사유재산을 부정하는 사회주의를 달갑지 않게 여길 수밖에 없었어요. 그런데 그런 사회주의가 집안에서 자라나 사단을 일으키게 되지요. 경찰서장 감으로 기대를 모았던 둘째 손자 종학이가 동경에서 사회주의 운동에 가담했다가 검거되었다는 전보가 날아오거든요. 결국 윤직원이 꿈꾸던 환상은 깨어지고 절망이 닥쳐온 거예요. 자신의 기대를 저버리고 사회주의에 빠져 버린 종학이에 대한 윤직원의 분노와 절망이 이 소설 끝부분에 드러납니다. 이 부분이 〈태평천하〉에 나타난 풍자의 절정이며 함축적으로 주제를 드러내는 대단원의 구실을 하지요.

"…… 착착 깎아 죽일 놈……! 그놈을 내가 편지해서, 백년 징역을 살리라고 할걸! 백년 징역 살리라고 할 테여……. 오냐, 그놈을 삼천 석 거리는 나누어 주려고 하였더니, 오—냐, 그놈 삼천 석 거리를 톡톡 팔아서 경찰서에다가 사회주의 하는 놈 잡아 가두는 경찰서에다가 주어 버릴걸! 으응, 죽일 놈!"

마지막의 '으응, 죽일 놈' 소리는 차라리 울음소리에 가깝습니다.

"…… 이 태평천하에! 이 태평천하에……."

이 작품에서 작가가 풍자하려고 하는 것은 일제 강점기 그 자체입니다. 작가는 이러한 현실을 보여 주기 위해 윤직원 영감을 주인공으로 세워 놓고 그의 자식과 손자를 그 주변 인물로 설정했어요. 그들은 각기 한말, 개화기, 일제 강점기의 가치관과 현실에 대응하여 행동하는 유형을 꼬집어서 보여 줍니다.

윤직원은 자신의 안전을 지켜 주는 것이 권력으로, 지금은 일제가 그것을 해 주기 때문에 일제에 적극 협력하는 인물이에요. 이런 행태를 보이는 인물이기에 그 나머지 가족들의 윤리 도덕적인 문제가 얼마나 심각했을지 충분히 상상이 가지요? 삼대에 걸쳐 변화하는 세태 속에 식민지 사회의 우리 민족이 어떻게 정신적으로 몰락해 가는가를 풍자적으로 보여 준 거예요. 그러면서 윤직원 영감의 몰락을 통해 윤직원 영감이 '태평천하'라고 여겼던 식민지 시대도 오래가지 않는다는 것을 보여 준답니다.

2. '치숙'이 나오는 이야기, 〈서애 유성룡 설화〉

조선 후기 민담을 엮은 《계서야담》을 읽어 보면, 임진왜란 후 《징비록》을 쓴 유성룡에 관한 설화가 있는데, 거기에도 '어리석은 숙부'에 관한 이야기가 나와요.

서애 유성룡이 안동 고향집에 머무를 때, 사람됨이 어리석고 무식해 '숙맥'이라고 할 수밖에 없는, 집안사람들이 모두 '치숙'이라고 부르는 숙부가 찾아왔다.

치숙은 바둑 실력이 뛰어난 유성룡에게 바둑을 한 판 두자고 했는데, 평소 숙부가 바둑을 두는 것을 보지 못했던 조카는 "숙부께서 저의 적수가 되시겠습니까?" 했다. 그 말에 숙부는 "아무 말 말고 한 판만 두어 보면 알 것 아닌가?" 했다. 그러나 반도 두기 전에 유성룡의 바둑이 모두 죽어서 더 두어 볼 것이 없게 되었다.

이에 유성룡은 숙부가 자기의 재주를 숨기고 사는 사람이라는 것을 깨닫고 무릎을 꿇었다.

치숙은 "오늘 내가 여기 찾아온 것은 바둑을 두려고 온 것이 아니라 나라에 큰 변란이 일어날 조짐이 엿보이기에 찾아왔네. 며칠 후에 건장하게 생긴 중이 와서 하룻밤 유숙하기를 청할 것이니 아예 허락하지 말고 반드시 내가 거처하는 곳으로 보내 주게."라는 말을 남기고 떠나 버렸다.

과연 치숙의 예언대로 우리나라 각지를 돌아다니며 지리·군사 시설 등을 정탐하고 유성룡을 암살하려는 흉계를 품은 왜장이 중의 복장을 하고 찾아왔는데, 치숙의 준엄한 훈계를 듣고 뜻을 이루지 못한 채 되돌아갔다.

어때요? 두 작품에 공통적으로 '치숙'이 등장하지요?

'숙맥'이거나 '사회주의에 빠져 돈 한 푼 벌지 못하는 무능력자'에 '세상 물정 모르고 경제관념이 없는 바보' 아저씨들. 하지만 이 숙부들은 조카가 몰라서 그렇지 사실은 전문적인 지식인이거나 예지력을 지닌 실력자예요. 두 작품 모두 일본에 대한 시각이 부정적이라는 공통점도 있어요.

그렇다면 다른 점은 무엇일까요?

설화에서 조카 유성룡은 바둑 한 판으로 치숙이 결코 바보가 아닌 비범한 인물임을 알고 무릎을 꿇어요. 그리고 그 다음부터 치숙을 공경하지요. 또 치숙에게 가르침을 받아 임진왜란의 위기를 무사히 넘기는 현명한 사람으로 등장해요. 그러나 채만식 소설에서 '나'는 끝까지 아저씨를 바보로 생각하고 한시 바삐 죽어 없어져야 할 사람이라고 생각해요.

두 작품이 여러 면에서 비슷해서, 채만식의 소설인 〈치숙〉이 유성룡 설화를 패러디한 것이라고 주장하는 국문학자들도 있답니다.

3. 잘못된 현실 인식과 세계관을 담은 내선 결혼 소설들

일제의 내선일체 정책을 반영한 문학 작품 가운데 대표적인 것으로 정인택의 〈부상관의 봄〉, 〈껍질〉, 그리고 이효석의 〈아자미의 장(章)〉을 들 수 있어요. 이 작품들은 모두 '조선인과 일본인의 연애 및 결혼' 문제를 다룬 것이랍니다.

이 가운데 〈껍질〉은 일본인 여자와 결혼하려는 아들과 그것을 반대하는 아버지 간의 갈등이 드러난 작품이에요. 이 작품에서 주인공 혁주는 시즈에라는 일본 여자와 동거를 하다가 아버지가 위독하다는 전보를 받고 고향 마을로 내려가요. 아버지는 시즈에와의 동거를 청산하고 집안이 주선한 조선 여인과 혼인하기를 바라지만, 혁주는 아버지의 부탁을 거절하고 집을 나오지요.

이 작품에서 정인택은 내선 결혼을 반대하는 아버지를 고집불통이며 보수적이고 전근대적이라고 해요. 이는 일본인 여자와 결혼하는 것을 낭만적인 자유연애로 포장하면서 '내선일체' 그 자체가 근대적 정신이라는 일제 식민지 논리를 그대로 드러내는 것이죠.

마지막 부분에서는 뜬금없이 혁주를 따라 나온 동생 용주가 태평양전쟁에 자원입대하겠다는 내용이 나와요. 일본을 위해 군인이 되겠다는 용주의 어깨를 붙잡으며 "아버지가 앞으로 10년 정도만 사신다면, 아니 5년만 더 사신다면 아버지를 설득할 수 있을지도 모른다."라고 말하는 부분이지요. 이는 향후 일본이 전쟁에서 승리하여 대동아제국을 건설할 즈음을 내다본 것이며, 그때를 위해서라도 자신은 일본인 여자와 미리 결혼해야 한다는 의도로 볼 수 있어요.

이러한 의도는 이효석의 〈아자미의 장〉에서도 드러납니다. 〈아자미의 장〉은 일본인 여자 아자미와 결혼하려는 조선인 청년 현과 그 결혼을 인정하지 않으려는 부모와의 갈등, 그리고 동거 생활의 위기를 극복하려는 아자미와 현의 모습을 그린 작품이에요. 그런데 여기서 주목할 것은 아자미와 조선인 여자는 옷차림의 차이일 뿐 근본적으로 하나의 핏줄임을 내세우는 한편, 아자미의 아름다움이 조선 여인보다 우월하다는 것을 드러낸다는 점이에요.

(아자미는) 화장기 없는 보오얀 살결이 광채를 띠며 동그란 눈동자가 번들번들 빛났다. …… 아자미는 그 인근에서는 꽤나 미인으로 소문이 나 있었다. (아자미는) 가게나 아파트에서는 일본 옷이나 양장으로 지내지만 현과 단둘이 걸을 때는 치마저고리 차림인 경우가 많고, 저고리 밑 치마 주름이 가늘게 접힌 그 안으로 쪽 곧은 다리는 양장 때보다 더 화려하였다. …… 아자미도 아자미대로 기모노를 입었을 때와는 전혀 다르게 옆으로 지나치는 같은 차림의 여자들(조선인 여자)과 같은 핏줄의 한 사람임을 절감할 수 있었다.

일본인 여자와 조선인 여자가 옷차림 차이일 뿐이라는 작가의 의도는 쉽게 짐작할 수 있어요. 그렇지만 아자미의 겉모습이 조선인 여자와 차이가 없다는 것이 곧 조선인 여자와 일본인 여자가 대등하다는 의미는 아니에요. "아자미 양을 차지했을 때 자네는 이 거리에서 첫째가는 행운아였으니 그 정도(부모와의 갈등과 동거 생활의 위기)는 의당 각오했어야지."라고 하는 친구의 말은 조선인 여자에 비해 일본인 여자가 우월함을 나타내고 있어요.

이 작품들의 공통점은 '내선일체'를 찬성하면 진보적이며 근대적인 인물이 되고, '내선일체'를 반대하면 보수적이며 전근대적이라는 의미가 드러난다는 것이에요. 당시 일부 소설가들은 이렇게 문학을 통해 조선과 일본은 '보수'와 '진보', 그리고 '전근대'와 '근대'로 구분하면서 일제 식민지 지배 논리를 정당화했어요. 일본이 내세운 황국신민화 과정을 위한 내선일체는 태평양전쟁을 위한 인적 자원을 마련하기 위한 것에 불과했음에도 당시 일부 소설가들은 그 숨은 뜻을 읽지 못하고 '내선일체' 또는 '내선 연애와 결혼'을 진보적이며 낭만적으로 포장하기만 했지요. 일제 강점기 때 최고의 엘리트 집단이었던 문학인들의 잘못된 현실 인식과 세계관을 이렇듯 문학 작품을 통해 확인해 볼 수 있어요.

4. 신뢰할 수 없는 화자가 나오는 소설

소설에서는 작가가 직접 이야기를 전달하기도 하지만, 작품의 재미나 실감을 더하기 위해 특별한 인물을 화자로 설정하기도 해요. 이때 화자의 모습은 매우 다양해요. 〈치숙〉의 화자는 어떤 모습이었나요? '나'는 무지하고 그릇된 가치관으로 올바른 판단을 내리지 못하는 인물이었어요. 그래서 독자는 그가 하는 이야기를 믿을 수 없었죠.

독자는 어떤 화자를 신뢰하지 못할까요?

나이가 어리거나 어수룩하거나 그릇된 가치관을 가진 화자들이겠죠. 그들은 자기가 이야기하는 것들에 관한 인식이나 해석, 평가 등을 잘못하고 정확히 파악하지 못하거든요. 주요섭의 〈사랑손님과 어머니〉의 화자인 여섯 살 난 옥희나 김유정 〈동백꽃〉의 화자인 어수룩한 '나'가 바로 그런 인물이에요.

두 작품을 살짝 들여다볼까요?

〈사랑손님과 어머니〉는 과부인 어머니와 사랑손님의 애틋한 사랑을 여섯 살 난 옥희가 이야기하고 있어요. 자칫 잘못하면 불륜이라는 눈살 찌푸려지는 이야기, 과부와 남편 친구 사이의 애정이라는 흔해 빠진 이야기가 될 수 있는 이야기죠. 그런데 천진난만하고 어린 화자 덕분에 순수하고 산뜻한 이야기가 되었어요. 그리고 어려서 판단력이 부족하다 보니 예배당에서 어머니와 사랑손님이 내외하는 모습을 보고, 또 수줍고 당황스러워 사랑손님의 얼굴이 홍당무처럼 빨개지는 것을 보고 '모두 성이 났다'고 이야기하죠. 게다가 사랑손님의 연애편지로 '가슴이 불룩불룩' 하는 어머니의 모습을 보고 '혹시 어머니가 병이나 나지 않았나' 하고 염려해요. 어머니 가슴이 왜 불룩불룩한지 독자들은 모두 알고 있는데 옥희만 어머니의 속마음을 모른 채 이야기하죠.

이런 화자를 내세움으로써 독자는 순수하게 작품을 해석하기도 하고, 전반적인 상황을 추측하고 이해하며 참여하는 재미를 맛보기도 해요.

〈동백꽃〉은 마름 집 딸인 점순이가 소작인 아들 '나'에게 감자를 주었는데, '나'가 감자를 받아먹지 않는 것으로 사건은 시작돼요. 점순이가 '나'에게 감자를 주는 행동은 '나'에 대한 애정과 호의인데, '나'는 그것을 알아차리지 못하고 점순이를 미움의 대상으로 여기죠. 그리고 감자를 받아먹지 않은 앙갚음으로 점순이가 닭싸움을 시키는 행동을 '나'는 애정과 관심의 표현으로 받아들이지 못하고, 닭싸움에 이기려고 자기네 수탉에게 고추장을 먹여 싸우게 해 보지만 소용이 없어요. 점순이가 또 닭싸움을 시켜 자기네 닭이 거의 죽을 지경에 이른 것을 보고 '나'는 홧김에 산기슭에서 점순이의 수탉을 때려죽이고 겁이 나자 울음을 터트려요. 그러자 점순이는 용서해 주겠다고 하며 '나'를 잡고 동백꽃 속으로 넘어집니다.

독자들은 작품을 읽으면서 점순이의 마음과 행동이 '나'에 대한 애정의 표현인 것을 다 알아차리는데 화자인 '나'만 모르죠. 작가는 이렇게 어수룩한 화자를 통해 독자들에게 풋풋한 첫사랑의 기억을 떠올리게도 하고, '나'의 눈치 없고 엉뚱한 행동으로 재미와 건강한 웃음(해학)을 선사하기도 하죠.

결국 작가는 '옥희'처럼 나이가 어리거나, '나'처럼 어수룩한 화자를 내세워 작품의 의도를 효과적으로 표현하고 작품의 재미를 더해 줍니다.

다시 읽기

일본이 패망한 다음 '나'는 어떻게 되었을까요?

> 계속된 해설 방송과 신문사의 벽보 등에 의해 일본이 무조건 항복을 하였고, 한민족의 독립이 이루어진다는 것이 처음으로 알려지게 되었다. 서울 거리는 삽시간에 해방의 감격에 완전히 흥분과 환호의 도가니로 변해 버렸다. 아침나절까지도 보았던 국민복이니 몸뻬 차림이 자취를 감추고 흰 옷 입은 시민들이 거리로 쏟아져 나왔다. 이리하여 일장기에 푸른색을 칠해서 급조한 태극기를 가지고 울며 뛰며 쏘다녔고, 하루 종일 전차에 매달려 만세를 부르는 그날의 서울이었다.
>
> – 송남헌, 《해방 3년사》

광복의 감격이 실감나게 묘사되어 있지요? 그렇다면 이 순간 〈치숙〉에 나오는 '나'는 무엇을 했을까요? 태극기를 들고 거리로 나가 만세를 불렀을까요, 아니면 졸지에 자기 나라로 쫓겨나게 된 일본인 주인을 위로하였을까요, 그것도 아니면 일본이 패망한 것을 안타까워하고 있었을까요?

지식인이나 유명 인사들의 광복 후 행적에 대한 자료는 있지만, '나'와 같은 서민들의 광복 후 생활에 대한 자료는 별로 없어요. 광복 후 서민들의 삶을 다룬 채만식의 〈논 이야기〉와 〈미스터 방〉을 통해 그들의 삶을 짐작해 보기로 해요.

독립이 되었다는 것이 벼랑 반가운 줄을 모르겠었다. 그저 덤덤할 뿐이었었다. 물론 일본이 항복을 하였으니 전쟁은 끝이 난 것이요, 전쟁이 끝이 났으니 벼 공출을 비롯하여 솔뿌리 공출이야 마초 공출이야 채소 공출이야 가지가지의 그 억울하고 성가신 공출이 없어지고 말 것이었다. 또 열여덟 살배기 손자 놈 용길이가 징용에 뽑혀 나갈 염려가 없을 터이었다. ……
이런 일을 생각하면 한 생원도 미상불 다행스럽지 아니한 것은 아니었다. 그러나 오직 그뿐이었다. 독립? 신통할 것이 없었다.

채만식의 소설 〈논 이야기〉에 나오는 주인공인 한 생원은 광복이 되자 일본인들이 수탈했던 농토를 되찾을 수 있을 거라 생각하고 좋아해요. 하지만 그 땅은 국가 소유가 되거나 친일했던 사람들에게 돌아갔지요. 결코 서민들의 몫이 되지는 않았답니다.

"일없네. 난 오늘버틈 도루 나라 없는 백성이네. 제ㅡ길 삼십육 년 두 나라 없이 살아왔을려드냐. 아ㅡ니 글쎄 나라가 있으면 백성한테 무얼 좀 고마운 노릇을 해 주어야 백성두 나라를 믿구 나라에다 마음을 붙이구 살지. 독립이 됐다면서 고작 그래 백성이 차지한 땅 뺏어서 팔아먹는 게 나라 명색야?"

그러고는 털고 일어서면서 혼잣말로,

'독립됐다구 했을 제 만세 안 부르기 잘했지.'

'만세 안 부르기 잘했지.'라는 한 생원의 혼잣말 속에는, 아무 구실도 못해 주는 정부에 대한 반발이 담겨 있어요. 〈논 이야기〉에는 '광복 직후 혼란한 틈을 타서 잇속에 눈이 밝은 무리들이 일본인 농장이나 회사의 관리자와 한통속이 되어서 일본인의 재산을 부당히 처분하여 배를 불린 일이 허다했다'는 얘기가 나오거든요.

그렇다면 〈치숙〉에서 일본인 주인이 최고인 줄 알고 모범 점원 표창까지 받았던 '나'가 이런 기회를 놓치지는 않았을 것 같지요? 눈치 빠르게 움직여 그렇게도 소망하던 자기 점포를 의외로 쉽게 갖게 되었을 수도 있고, 관리인과 한통속이 되어 한몫 챙겼을 수도 있겠네요.

채만식의 또 다른 소설 〈미스터 방〉은 보잘것없는 신기료장수였던 방삼복을 통해 권력에 기생하여 살아가는 기회주의적인 인물의 삶을 잘 보여 주고 있어요.

일본의 항복을 전후하여 한반도에는 미군과 소련군이 들어왔어요. 그리고 이들이 38도선을 경계로 한반도를 둘로 나누어 남과 북을 각각 점령하게 되죠. 오늘날까지도 해결되지 않은 남북 분단은 이렇게 광복과 더불어 시작된 것이랍니다.

〈미스터 방〉에서 방삼복은 '상해에서 귀로 익힌 토막 영어'와 '용산 있는 연합군 포로수용소엘 다니며 입에 풀칠'을 한 경험을 밑천으로 미군 S소위의 통역관이 되요. 그 덕에 막강한 부와 권력도 누리게 되죠. 작가는 광복 직후 혼란기에 영어의 힘이 강해지면서 〈치숙〉에서의 '나'와 같은 친일파가 아닌 '미스터 방' 같은 친미파가 무수히 양산되었던 현실을 풍자한 거예요.

광복 후 우리나라에 미군이 주둔하게 되면서 기회주의적 속성을 지닌 방삼복이 미군에 기대어 출세하고 재산을 불렸던 점에 비추어 보면, '나'도 당시 사회의 흐름에 편승하여, 기를 쓰고 '토막 영어'라도 익혀 미군들을 상대로 하는 돈벌이에 나서 떼돈을 벌고, 거만을 떨며 살았을 거라는 상상도 해 볼만 하지 않나요?

〈미스터 방〉에는 광복 전후 친일파들의 삶을 비교해 볼 수 있는 장면도 있어요.

> 백 주사의 아들 백선봉은, 순사 임명장을 받아 쥐면서부터 시작하여 8·15 그 전날까지 칠 년 동안, 세 곳 주재소와 두 곳 경찰서를 전근하여 다니면서, 이백 석 추수의 토지와 만 원짜리 저금통장과 만 원 어치가 넘는 옷이며 비단과 역시 만 원 어치가 넘는 여편네의 패물과를 장만하였다. 남들은 주린 창자를 졸라 맬 때 그의 광에는 옥 같은 정백미가 몇 가마니씩 쌓였고, 반 년 일 년을 남들은 구경도 못 하는 고기와 생선이 끼니마다 상에 오르지 않는 날이 없었다.

일본 순사였던 백선봉이 월급만으로 이렇게 호화롭게 살 수 있었던 것은 아닐 거예요. 민중들을 못살게 군 대가일 것이라 생각됩니다. 그것이 자발적인 뇌물이든 강제적인 착취든 말이지요.

그러면 이런 친일파들이 광복 후에는 어떻게 되었을까요?

> 일제가 항복한 8월 15일 밤, 성난 민중들의 습격을 받게 되었답니다. 물건 하나 없이 죄다 빼앗기고, 집과 세간은 조각도 못 쓰게 산산다 부서지고, 백선봉은 팔이 부러지고, 첩은 머리가 절반이나 뽑히고, 겨우겨우 목숨만 살아 본집으로 도망해 왔다.
> 한편 고을에서는 백 주사가 자식이 그런 짓을 해서 산 토지를 가지고 동네 사람한테 거만히 굴고, 작인들한테 팔 할 가까운 도지를 받고, 고리대금을 하고 하였대서, 백선봉이 도망해 와 눕는 그날 밤, 그의 본집인 백 주사의 집도 습격하였다.
> 집과 세간 죄다 부수고, 백선봉이 보낸 통제 배급 물자 숱한 것 죄다 빼앗기고, 가족들은 죽을 매를 맞고, 백선봉은 처가로 백 주사는 서울로 각기 피신하여 목숨만 우선 보전하였다.

여기까지 읽으면 인과응보라는 생각에 아주 통쾌하지요? 그러나 친일파였던 백 주사는 미군에 기생하여 출세한 방삼복에게, 빼앗긴 것을 되찾게 해 주면 자기 재산의 절반을 나눠 주겠다고 해요.

〈미스터 방〉에서 백 주사가 자기 재산을 도로 찾는다는 내용까지는 안 나오지만, 조상의 재산을 되찾겠다고 심심찮게 소송을 하곤 하는 친일파의 후손들이 떠올라 씁쓸하지 않나요?

> 글쎄 그 미쳐 살 마 같은 놈들이 세상 망쳐 버릴 사회주의를 하려드니 내가 소름이 끼칠 게 아니냐구요? 말만 들어도 끔찍하지! 세상이 망해서 뒤집히면 그래 나는 어쩌란 말인구? 아무것도 다 허사가 될 테니 그런 억울할 데가 있더람?

〈치숙〉에서 '나'가 소름 끼치게 싫어하는 사회주의 때문에 나라가 망하는 것은 아니지만, '나'에게 광복이야말로 '망해서 뒤집히는 세상' 아니었을까요?

남의 나라에 와서 갖은 수탈과 억압을 하던 '내지인'들이 쫓겨 가는 것을 보고 자기 생각과 태도가 잘못 되었음을 깨닫고, 아저씨를 무시했던 것에 대해서도 반성하고 사과한다면 얼마나 좋았겠어요? 그러나 '나'에게 그런 걸 기대하기는 좀 어려울 것 같아요.

처음엔 큰 충격으로 정신을 못 차렸을지도 몰라요. 하지만 재빨리 '미스터 방'처럼 적응하면서 자기 살 궁리를 했을 거예요. 그래서 힘없고 가난한 사람 무시하고, 수단껏 권력에도 빌붙고, 막강한 부까지 누리게 되고……. 정말 상상만으로도 끔찍하네요.

독자 이야기

모방하는 글짓기

1. 인물 비판하기

난 괜찮아 - 대중 가요 〈난 괜찮아〉 개사 (충일중 2학년 김영창)

네가 떠나면 남겨진 숙모가 눈물로 수없이 많은 밤을 지낼 거라

넌 알고 있으면서도 다 알고 있으면서도

어떻게 또 사회주의 운동을 하냐

난 괜찮아 난 괜찮아 내가 못 배웠다고 무시할 생각은 마

아무리 무식해 보여도 나더러 매국노라 해도

난 괜찮아 나는 내 미래가 있어

난 괜찮아 잘난 척 마 난 아무것도 모른다는 생각은 마

그 잘난 사회주의도 그 길다는 가방끈도 난 상관없어

다신 그런 짓 하지 마

그런 말투로 내게 말하지 마 사회주의에 대해 듣고 싶지 않아

그런 불한당 얘기에 고생하는 숙모를 보면 진저리가 나

더는 듣고 싶지 않아

난 괜찮아 난 괜찮아 일 않고 놀 생각은 더는 하지는 마

고생한 숙모를 봐서도 이런 말하는 나를 봐서도 일을 좀 해

더는 놀고먹지는 마

난 괜찮아 잘난 척 마 난 아무것도 모른다는 생각은 마

그 잘난 사회주의도 그 길다는 가방끈도 난 상관없어

다신 그런 짓 하지 마

넌 조선인 - 대중 가요 〈붉은 노을〉 개사 (중원중학교 3학년 권용찬)

붉게 물든 노을 바라보면 바보 같은 그대 생각이나

소리 지르네 화가 나서 아무 말 할 수가 없어요

넌 너무 문제 많아 그렇게 살면 안 돼

목청껏 외치지만 넌 대답 없는 얼굴로 외면하는데

그 세월 나라 빼—앗긴 조선인들 나완 상관없어 눈 감아요

10년 뒤에 난 가게 주인이죠

10만 원만 모은다면 나의 꿈은 이루어지는데

후회 없어 내 사는 방식 문제없어

난 너무 잘났다네 이 세상은 나뿐이야

아무도 필요 없어 저 조선 사람 나하곤 상관없잖아

내지인 여자와 결혼하는 나야 조선말은 몰라도 돼

일본말 좋아 후회 없어 내 사는 방식 문제없어

난 너무 잘났다네 이 세상은 나뿐이야

아무도 필요 없어 저 조선 민족 나하곤 상관없다구

그 세월 교육 내선일체 황국신민 너를 그렇게 만들었지

우리나라 빼앗긴 일제 치하

생각 못하는 너의 모습 이젠 문제 있다고 말해야 해

이기적인 너의 그 모습 바꿔 버려야 해

넌 지금 변해야 해 그렇게 살면 안 돼

소리쳐 불러 보렴 난 조선 사람 해방된 민족 된다고

넌 지금 바꿔야 해 그렇게 살면 안 돼

소리쳐 불러 볼래 난 조선 사람 해방된 세상 온다고

누가 혼자서 살아간다 하는가

- 신동엽의 〈누가 하늘을 보았다 하는가〉 모방시 (중원중 1학년 김채은)

누가 혼자서 살아간다 하는가

누가 일제 치하 서슬 퍼런 세상에서

혼자서도 잘살 수 있다 하는가.

네가 본 건, 너만의 출세

그걸 성공으로 알고

이십 년을 살아왔다.

네가 본 건, 침략자의

거짓말,

그걸 성공으로 알고
이십 년을 살아왔다.

걷어내라, 청년아
네 마음속 욕망
부수어라, 청년아,
네 머리 뒤덮은 거짓 세상.

아침저녁
네 마음속 '성공'의 허상을 버리고
일제의 탄압에 신음하는 민족을
볼 수 있는 사람의
안목을
가져라.

아침저녁
네 머리 위 '일제'의 깃발을 찢고
조선인의 뿌리를 되찾는 세상
소중히 여기는 사람은

진실을
되찾으리라

다함께 손잡고
발걸음도 힘차게
마음껏 달려 보며.

기쁘게
아, 해방의 세상을
기쁘게
노래하며

살아가리라
누가 혼자서 살아간다 하는가
누가 일제 치하 고통의 세상에서 혼자서도
잘살 수 있다 하는가.

2. 인물의 감정에 공감하기

밥만 잘 먹더라 - 대중 가요 〈밥만 잘 먹더라〉 개사 (예성여중 1학년 정서영)

감옥에 갔다 와도 가슴에 멍이 들어도
한 순간뿐이더라 밥만 잘 먹더라 죽는 것도 아니더라
독립은 묻어 둬라 당분간은 건강 챙기자

죽을 만큼 사랑한 조국을 알았단 그 사실에 감사하자

나라 찾는 일 말하면 뭐해 들리질 않는데

괜히 다른 생각만 서로 들춰내서 뭐해 쓸데없게

태어나서 딱 세 번만 울게 허락된다는데

괜히 허튼 일들에 아까운 정력 낭비 말자 오—

아주 가끔 아내 생각나서 정말 미안하면

동지들과 한 약속 정신 차려 새기련다 안 잊게

미워한다고 뭐 달라지나 그냥 무심하게

단지 조카라는 걸 견딜 만큼만 생각할게 오—

바람이 지나간다 시리게 나를 울린다

억지로 참아 봐도 자꾸 목이 메어 조국을 불러 본다

잊어도 못 잊겠다 조국을 지울 수가 없다

사내답게 힘차게 싸워야 하는데 지금은 난 쉬고 있다

아내에게 - 김종길의 〈성탄제〉 모방시 (탄금중학교 3학년 한경식)

어두운 방 안엔

바알간 숯불이 피고,

외로이 세월 보낸 아내가

애처로이 폐병에 지친 나의 곁을 지키고 있었다.

아, 아내가 어둠을 헤치고 가져온

그 구하기 힘들다는 약

나는 한 마리 길 잃은 양

젊은 아내의 따스한 옷자락에

병으로 초췌해진 볼을 말없이 부비는 것이었다.

이따금 뒷문으로 바람이 불고 있었다.

그날 밤이 어쩌면 출옥하던 밤이었을지도 모른다.

어느새 나도

건강한 청년만큼 회복이 되었다.

옛것이란 거의 찾아볼 길 없는

총독부 근처의 거리에는

이제 살벌한 전쟁의 기운이 느껴지는데

서러운 서른 살, 나의 이마에

불현듯 아내의 따스한 옷자락을 느끼는 것은

힘들게 병구완을 한 아내에게

아직도 고맙단 말조차 못한 알량한 양심 때문일까

길 - 정희성의 〈길〉 모방시 (예성여중 1학년 김나현)

조카는 내가 막노동이라도 하길 원하고

품빨래, 삯바느질 닥치는 대로 일하는 아내는

남편이 무얼 하든 떠받들고 희생할 뿐 말이 없다.

그러나 어쩌다 사회주의에 눈뜨고
경제에 빠삭해서 글줄께나 쓰지만 빈털터리 백수 되어
나는 가장의 의무는 뒷전인 채 살아왔다.
나이 서른셋에도 이념에서 헤어나지 못하는 나를
아내 친정에서 자식처럼 컸다는 조카마저 비웃지만
서러운 것은 감옥에서 보낸 5년, 폐병이 아니다.
일본 놈 판치는 시대는 돈맛 좀 아는 놈들
쓸개 지키며 줏대 있게 살도록 내버려두지 않는다.
세상 사는 일에 길들지 않은
나에게는 그것이 그렇게도 한심하다.
조카야, '치숙' 비난 그만두고 거울 속 네 모습 보아라.
평생 사회주의에 충실한 백수로나 살면 좋으련만
조카 놈 도끼눈에 그렇게 살기도 어렵구나.
어쩌랴, 어리석단 비아냥 못 마땅하고, 아내 불쌍해도
사회주의로 단단히 무장하고
뻔뻔하게 철판 깔고 아내에게 빌붙어 살아야지.

참고 문헌

도서

강만길, 《고쳐 쓴 한국 현대사》, 창비, 2006.

강준만, 《한국 근대사 산책 7 – 간토대학살에서 광주학생운동까지》, 인물과사상사, 2008.

권보드래, 《연애의 시대》, 현실문화연구, 2003.

길밖세상, 《20세기 여성 사건사》, 여성신문사, 2001.

박노자 외, 《일제 식민지 시기 새로 읽기》, 혜안, 2007.

역사신문편찬위원회 엮음, 《역사신문 6 – 일제강점기》, 사계절출판사, 1997.

연세대학교 국학연구원 엮음 , 《일제의 식민지배와 일상생활》, 혜안, 2004.

이이화, 《한국사 이야기 22 – 빼앗긴 들에 부는 근대화 바람》, 한길사, 2004.

전국역사교사모임, 《살아 있는 한국사 교과서 1, 2》, 휴머니스트, 2012.

정출헌, 《조선 최고의 예술 판소리》, 아이세움, 2009.

조한혜정, 《한국의 여성과 남성》, 문학과지성사, 1999.

연구 논문

김상태, 〈한국 현대소설에 나타난 일본인상〉, 1992.

김해옥, 〈'치숙'의 반어적 서술 상황과 담론의 특성 연구〉, 1992.

김홍수, 〈채만식 소설의 문체 : '치숙'을 중심으로〉, 1997.

송현호, 〈'치숙'의 서사구조와 서술방식 연구〉, 1992.

이진우, 〈채만식 문학의 풍자성 고찰〉, 2002.

임명진, 〈'치숙'의 서술 양식 재고(再考)〉, 1998.

장량수, 〈속물의 수직적 의식고 : 채만식 단편 '치숙'의 경우〉, 1983.

장양수, 〈채만식 단편 '치숙'의 '유서애성룡 설화' 패로디적 성격〉, 1997.

장영우, 〈반어적 인물의 사회 인식〉, 동국대, 1988.

조남현, 〈채만식 문학의 주요 모티프〉, 1987.

한지현, 〈반어법의 성격과 작가의 시선 : '치숙'과 '날개'를 중심으로〉, 1974.

한지현, 〈작가의 세계관과 작중 시점의 상관관계〉, 1985.

선생님과 함께 읽는 치숙

1판 1쇄 발행일 2012년 11월 5일
1판 7쇄 발행일 2024년 10월 28일

지은이 전국국어교사모임

발행인 김학원
발행처 (주)휴머니스트출판그룹
출판등록 제313-2007-000007호(2007년 1월 5일)
주소 (03991) 서울시 마포구 동교로23길 76(연남동)
전화 02-335-4422 **팩스** 02-334-3427
저자·독자 서비스 humanist@humanistbooks.com
홈페이지 www.humanistbooks.com
유튜브 youtube.com/user/humanistma **포스트** post.naver.com/hmcv
페이스북 facebook.com/hmcv2001 **인스타그램** @humanist_insta

편집책임 문성환 **편집** 윤무재 **디자인** 김태형 반짝반짝 **일러스트** 한수자
용지 화인페이퍼 **인쇄** 정민문화사 **제본** 정민문화사

ISBN 978-89-5862-551-3 44810